DE ONDE ELES VÊM

JEFERSON TENÓRIO

De onde eles vêm

Companhia das Letras

Copyright © 2024 by Jeferson Tenório

Grafia atualizada segundo o Acordo Ortográfico da Língua Portuguesa de 1990, que entrou em vigor no Brasil em 2009.

Os poemas "xvi" e "xxxvi" (pp. 31-2 e 34, respectivamente), de James Joyce, foram extraídos de *Música de câmara* (São Paulo: Iluminuras, 2000), com tradução de Alípio Corrêa de França Neto.

Capa
Alceu Chiesorin Nunes

Imagem de capa
Sem título, de Maxwell Alexandre, 2021. Polidor de sapatos, grafite, látex e acrílica sobre papel pardo, 80 × 120 cm.

Preparação
Márcia Copola

Revisão
Érika Nogueira Vieira
Luís Eduardo Gonçalves

Os personagens e as situações desta obra são reais apenas no universo da ficção; não se referem a pessoas e fatos concretos, e não emitem opinião sobre eles.

Dados Internacionais de Catalogação na Publicação (CIP)
(Câmara Brasileira do Livro, SP, Brasil)

Tenório, Jeferson
  De onde eles vêm / Jeferson Tenório. — 1ª ed. — São Paulo : Companhia das Letras, 2024.

  ISBN 978-85-359-3937-8

  1. Ficção brasileira I. Título.

24-222796   CDD-B869.3

Índice para catálogo sistemático:
1. Ficção : Literatura brasileira   B869.3

Cibele Maria Dias – Bibliotecária – CRB-8/9427

Todos os direitos desta edição reservados à
EDITORA SCHWARCZ S.A.
Rua Bandeira Paulista, 702, cj. 32
04532-002 — São Paulo — SP
Telefone: (11) 3707-3500
www.companhiadasletras.com.br
www.blogdacompanhia.com.br
facebook.com/companhiadasletras
instagram.com/companhiadasletras
x.com/cialetras

Para Tai, Theo e João

Ocorreu uma mudança durante essas últimas semanas. Mas onde? É uma mudança abstrata que não se fixa em nada. Fui eu que mudei? Se não fui eu, então foi esse quarto, essa cidade, essa natureza; é preciso decidir.

Jean-Paul Sartre, A *náusea*

Sumário

Levantando cavalos, 11
De onde eles vêm, 39
Sinnerman, 97
A vida é boa, 171

Agradecimentos, 207

LEVANTANDO CAVALOS

1.

Eu tinha dez anos quando deixei meus cavalos caírem no chão. Foi no tempo em que fomos morar no Morro da Cruz, em Porto Alegre. Minha mãe trabalhava numa empresa de transporte público como funcionária de serviços gerais. Alugamos uma casa pequena, nos fundos de um terreno. Na casa da frente, moravam os donos: a dona Josefa e o seu Adauto. Eram pessoas simpáticas e amáveis. Percebia-se que eram velhos apenas pelo rosto, porque eram ágeis e tinham humor juvenil. Minha mãe fazia uma jornada de oito horas. Por isso, estava sempre muito cansada. Eu estudava pela manhã, e à tarde costumava desenhar. Com o tempo passei a frequentar a casa dos velhos. Eles me tratavam bem. Às vezes, quando eu chegava da escola, dona Josefa havia feito o almoço para mim. Um dia tomei coragem e mostrei a eles um dos meus desenhos. Seu Adauto pegou-o, sentou-se numa poltrona e ficou analisando os traços. Depois, olhando para mim, disse com alegria: *Joaquim, você é um artista*. Eu sorri, porque ninguém nunca havia me dito algo assim. Seu Adauto, percebendo meu entusiasmo, disse que iria me encomendar um trabalho. Perguntou se eu sabia desenhar cavalos. Respondi que nunca tinha feito um cavalo antes, mas que podia tentar. Então ele se levantou, foi até um armário antigo e pegou uma foto que parecia um cartão-postal. Na imagem, cavalos selvagens corriam perto de um rio, em meio às montanhas. Seu Adauto perguntou se eu conseguiria fazer algo parecido mas numa dimensão maior. Eu repeti que podia tentar. Dona Josefa sorriu. Eles me deram uma cartolina e lápis de cor, e perguntaram quanto eu cobraria pelo trabalho. Aquela pergunta me pegou de surpresa, porque nunca pensei que um desenho pudesse ser vendido. Nunca imaginei que meus desenhos pudessem valer alguma coisa. Depois achei que eles é que tinham de me dizer quanto iam me pagar. Mas não, seu Adauto se aproximou e disse: *você é quem diz quanto vale o desenho*. Eu não tinha noção de dinheiro. Dona Josefa sugeriu que eu pensasse num valor. Quando minha mãe chegou, contei a ela sobre a encomenda. Ela não deu muita importância, estava mais preocupada em tomar um banho, trocar de roupa e dormir. Só disse para eu não viver socado na casa dos outros e não ficar incomodando, porque ela já tinha problemas além da conta. No dia seguinte, comecei a desenhar. Tive dificuldade, a cartolina era grande demais. No entanto, a frase do seu Adauto, *Joaquim, você é um artista*, reverberava em mim. Os dois eram aposentados, mas faziam doces para vender. Eles recebiam muitas encomendas. Embora eu nunca tenha visto os doces que dona Josefa fazia para vender, mas somente os que ela fazia para mim. Certo dia, seu Adauto me chamou e perguntou se eu não poderia fazer um favor. Eu disse que sim. Dona Josefa me alcançou um pacotinho e disse para eu ir entregar numa casa próxima. *É só entregar e pegar o dinheiro, coração.* A casa ficava num beco onde havia muitos cachorros e algumas crianças. Bati na porta e um homem negro, retinto, sem camisa e com guias de orixás no pescoço atendeu. Eu disse que tinha vindo entregar os doces da dona Josefa. Ele sorriu, pegou o pacote e me pagou. Achei fácil. Voltei para casa, entreguei o dinheiro para seu Adauto. Dona Josefa passou a mão no meu rosto e disse: *obrigada, coração*. Depois me pediu para não dizer nada a minha mãe sobre a entrega, porque talvez ela não gostasse. A partir de então passei a entregar as encomendas quase todos os dias nos lugares mais diversos do Morro da Cruz. Me sentia feliz porque era o meu modo de agradecer aos dois velhos. Enquanto isso, meu desenho avançava. Eu fazia e refazia alguns traços. Um dia minha mãe chegou do trabalho, cansada como sempre, e a dona Josefa a chamou para jantar. Nós fomos. Comemos macarrão com carne. Em dado momento, fiquei com sono e minha mãe disse para eu ir para casa dormir, que ela ia ficar mais um pouco bebendo com eles. Fiz o que ela mandou. Naquela noite, cheguei e olhei para o meu desenho, e ele estava quase finalizado, mas eu ainda não sabia quanto iria cobrar. Então pensei que precisava de cadernos novos para a escola. Tinha receio de pedir para a minha mãe. Achei que eu poderia cobrar o valor que precisava para comprar os cadernos. Adormeci com esses cálculos. Tive um sonho breve em que caía de uma escada interminável. Acordei com minha mãe desesperada dizendo: *Joaquim, levanta, anda, levanta, a gente precisa ir embora daqui, pega as tuas coisas*. Estava frio, olhei para o relógio e eram cinco da manhã. Lembro da minha mãe abrindo as sacolas e colocando nossas roupas nelas com muita agilidade. Eu perguntava o que havia acontecido, mas ela não dizia: estava determinada a sair daquela casa. *A gente não tem tempo, Joaquim. Pega tudo que você puder e vamos embora daqui.* Tivemos dificuldades ao sair, porque as sacolas eram muitas. Para chegar à rua, tínhamos que passar ao lado da casa dos donos. Estava escuro. E naquele momento meu desenho caiu no chão, e eu disse: *mãe, espera, meus cavalos caíram*. Ela estava transtornada e falou: *esquece essa merda, vamos sair logo daqui, não temos tempo*. Olhei para trás para ver meu desenho e, quando levantei os olhos, tive a impressão de ter visto o seu Adauto na janela. Abrimos o portão, lá fora ouvimos latidos de cães. Descemos a rua o mais depressa que pudemos. Minha mãe olhava para trás como se estivesse sendo seguida. Chegamos numa parada de ônibus que já estava repleta de trabalhadores indo para o centro. Lembro que minha mãe tremia e olhava para os lados. Ela nunca me contou o que aconteceu naquela noite, mas o fato era que não tínhamos mais um rumo. O dia amanheceu, e minha mãe olhava através da janela do ônibus como se buscasse uma alternativa.

2.

Eu estava lembrando disso quando o professor Moacir Malta me chamou para apresentar meu poema. Era a primeira vez que mostrava um texto numa situação como aquela. Comecei a ler, pausadamente, porque queria que todos compreendessem o significado de cada palavra e seus encadeamentos. Minha voz estava trêmula. Assim que terminei, houve um silêncio, mas logo em seguida uma colega disse que havia gostado. Acrescentou que era um poema grave mas não dramático. Outro completou dizendo que meu poder de síntese era bom, que não havia desperdício semântico nem vocabular. O professor Moacir falou que o título do poema lembrava Fernando Pessoa. Eu disse que ainda não tinha lido Fernando Pessoa. Ele respondeu que seria interessante conhecer e comentou que meu poema era uma luta física pela permanência do passado, como se este pudesse ser conservado nos objetos. *Embora algumas palavras sejam um pouco formais*, ele disse, *é um bom poema*.

3.

Entrei pelo sistema de cotas raciais na universidade aos vinte e quatro anos, e tudo que posso dizer é que quase fui vencido pela burocracia. Quase me deixei vencer pelos papéis e protocolos e todas as estratégias que àquela altura eu pensava terem sido criadas para que eu desistisse. No dia em que fui fazer a matrícula, tive de ir a pé de casa até o campus, porque estava desempregado e não podia pagar passagens de ônibus a toda hora. Eu já era um adulto, prestes a entrar na faculdade, então passar por baixo da roleta estava fora de cogitação. Era preciso preservar um pouco de dignidade. Ao chegar no local onde eram feitas as matrículas, fui recebido por uma secretária que só sabia repetir todo um jargão burocrático. Ela conferia minha documentação como se tivesse o poder de decidir quem entra e quem não entra na universidade. Eu entendia o que estava se passando ali, não só pela minha experiência mas principalmente pelos livros. Eu era um bom leitor. Além disso, eu tinha o rap a meu favor, o que me dava uma certa coragem quando precisava enfrentar situações como aquela. Lembrava das letras dos Racionais e seguia. *Senhor Joaquim, seu histórico escolar está desatualizado*, disse a secretária. Falou que infelizmente eu não poderia fazer minha matrícula. Eu a olhei com surpresa. Pedi o documento para examinar. *O documento não está desatualizado*, eu disse com firmeza, *faz cinco meses que foi emitido*. A secretária mexeu no cabelo, passou a mão no edital e com o dedo indicador leu para mim, dizendo que o histórico escolar precisava estar atualizado, o documento precisava de um carimbo daquele ano. Dominei meu asco e o tom de voz, e disse com tranquilidade e certa polidez que eu a compreendia mas discordava, já que o edital não especificava que o documento tinha de ser do mesmo ano da matrícula, e sim emitido seis meses antes. A secretária me analisou apertando levemente os olhos e depois disse para eu esperar um pouco, que ia ver com o chefe do departamento. *Enquanto isso vai preenchendo esse formulário aqui*, ela disse. Eram duas folhas com questões para quem entrava pelo sistema de cotas raciais. Trinta e duas perguntas cujo intuito era comprovar que de fato você é uma pessoa negra. Li uma delas, aleatoriamente: *você já foi impedido de entrar em algum espaço devido à cor da sua pele?* Eu ri. Fui preenchendo, ainda tenso com aquela indefinição. Pouco tempo depois, a secretária retornou. *Hoje é seu dia de sorte, garoto*, disse, *você pode fazer a matrícula. Mas precisa trazer o documento atualizado na semana que vem. Agora, você passa naquela salinha ali e entrega o formulário.* Na sala em questão ficava a comissão que analisava os candidatos cotistas. Eram três professores brancos. Entreguei o formulário, não me fizeram nenhuma pergunta. Minha cor retinta não deixava dúvidas de que eu era um inquestionável e exemplar espécime de rapaz negro. Todos foram gentis comigo, me deram orientações sobre como escolher as disciplinas. Depois sorriram e me desejaram um bom semestre.

4.

Depois de minha mãe morrer e de meu pai sumir no mundo, minha avó era quem tomava conta de mim. Ela estava com oitenta e nove anos quando apresentou os primeiros sintomas de demência. Eu e minha tia Julieta cuidávamos dela. Não tínhamos recursos para interná-la numa clínica. E, embora sofresse com a velhice, minha avó tinha muita vontade de viver, fazia planos como se tivesse muito futuro pela frente, o que me deixava comovido, mesmo quando ela delirava e me confundia com o Marcelo, seu companheiro que havia morrido muitos anos antes. Marcelo trabalhava no cais do porto como estivador, tinha uma cicatriz no rosto e nutria um grande ódio pela vida. Para descontar sua raiva, ele espancava minha avó. Depois se arrependia. Por esse motivo, às vezes minha avó era afetuosa em seus delírios, noutras era violenta e me dizia uma infinidade de ofensas, como se eu fosse a reencarnação do Marcelo. Minha avó também pegou a mania de esconder as chaves de casa. E, quando isso acontecia, tínhamos que pular a janela ou arrombar a porta, enquanto minha avó ria do nosso desespero como se fosse uma criança. Em outros momentos, ela se indignava com a própria condição. Era rabugenta quando sentia o cheiro da sua urina. E, quando era atacada por crises de violência, era eu quem a acalmava, tirava sua roupa, a fralda, limpava-a e depois, com ajuda da tia Julieta, vestia sua camisola e ajeitava seu cabelo com grampos. Assim, aos poucos, eu a trazia de volta para a lucidez. Mas devo dizer que toda aquela rotina me esgotava, não apenas por ter de ver minha avó nua, mas por ser eu a fazer aquilo. O neto dela. Era uma cena que me doía e, por conta disso, passei a ter medo de envelhecer. Um dia ela havia sido jovem. Deve ter tido sonhos e alguma alegria na vida. Incomodava-me saber que em breve ela desapareceria, e que ninguém mais tinha registro de sua vida, a não ser minha tia e eu. Quanto mais eu cuidava de minha avó, mais eu aprendia sobre a solidão. Por outro lado, havia um pensamento que me confortava: a certeza de que toda a humanidade um dia iria desaparecer também, que um dia ocorreria o fim do sistema solar, e todo mundo iria se foder e virar poeira cósmica, e ninguém haveria de ser esquecido nem lembrado.

5.

Eu me sustentava com a aposentadoria da minha avó e com um mísero salário que ganhava sendo explorado como chapista numa lanchonete. Tinha uma infinidade de carimbos na carteira de trabalho, porque nunca conseguia me adaptar. Não me sentia à vontade, como se eu fosse um eterno estrangeiro. Logo fui demitido da lanchonete por me recusar a fazer horas extras sem ser remunerado. Durante algum tempo vivi com o dinheiro do seguro-desemprego. Na época eu tinha uma namorada que se chamava Jéssica, ela era bonita e era cinco anos mais velha do que eu. Jéssica cursava história, mas tinha uma relação conflituosa com a universidade, com os colegas e professores: *todos uns filhos da puta*, ela dizia. Gosto de pensar que tanto eu quanto Jéssica éramos atraídos pelas coisas difíceis, e muito cedo aprendemos que nossa única chance de fugir de armadilhas era preservar nossa lucidez. Por isso a gente não se drogava nem bebia, quer dizer, bebíamos, mas muito pouco. Nos conhecemos no Baile da Capitão 7, no centro de Porto Alegre, onde costumávamos fazer passinhos ouvindo black music. Naquele dia, Jéssica estava metida num vestido branco curto, rebolava até o chão. Então, quando tocou "Nosso sonho", de Claudinho e Buchecha, quando todo mundo começou a dançar o mesmo passinho, e podíamos, numa certa parte da dança, pôr a mão na cintura de quem estava na nossa frente, nossos olhares se cruzaram. Jéssica era negra, um pouco mais clara que eu, com os cabelos crespos até os ombros. Tinha uma filha de quatro anos, Yasmin. Fruto de um relacionamento-relâmpago com um cara que ela havia conhecido num verão em Tramandaí. Morávamos em Alvorada, separados por uma rua, no bairro São Pedro. A partir daquele encontro, veio a vontade de estar juntos, de ir ao cinema, de passear na Usina do Gasômetro. Logo vieram as primeiras transas. Jéssica tinha muita paciência comigo, me ensinou o toque, a delicadeza e a ternura. Me ensinou também a pensar no futuro. Ela disse que eu era inteligente e que devia seguir estudando. Eu já vinha pensando nisso, seguir estudando, desde que havia começado a frequentar o apartamento do Sinval.

6.

Conheci o Sinval um ano antes de entrar na universidade. Ele era livreiro e tinha um sebo onde, além de livros, vendia revistas *Playboy* e *Sexy*, e alguns vinis raros. A loja ficava na avenida Assis Brasil, zona norte de Porto Alegre. Embora eu já fosse leitor e gostasse de literatura, comecei a frequentar o sebo não por causa dos livros, mas pelas revistas, porque ali era o único lugar em que eu não me sentia constrangido em passar com uma *Playboy* no caixa. No início, Sinval mal me olhava, estava sempre com a cara enfiada num livro. Um dia perguntei a ele o que estava lendo. Na verdade, eu não queria saber, só queria dizer qualquer coisa, porque ele parecia uma pessoa solitária e triste no meio daqueles livros velhos. Mas eu estava enganado. A vida de Sinval mostrou-se diferente do que eu imaginava. Disse que já tinha sido professor em escolas públicas, mas que tinha enchido o saco daquilo. Estava com cinquenta e oito anos e queria se dedicar à leitura. Porque, agora, outra parte de sua vida tinha começado. Por isso abriu aquele sebo, para se manter e poder viver perto do que gostava. Naquele dia, ele desandou a falar das *Ilusões perdidas*, do Balzac. Falava com paixão e alegria. Misturava passagens dos livros com acontecimentos da própria experiência, como se a literatura e a vida fossem a mesma coisa. Mas não eram.

7.

Eu e o Sinval logo nos tornamos próximos por causa dos livros. Eu ainda não conseguia me decidir se ele era um lunático ou apenas um homem excêntrico que largou a vida de professor para virar dono de sebo. Ele morava num conjunto habitacional, no bairro Leopoldina, no quarto andar. Não havia elevador. A primeira vez que o visitei, senti um cheiro fétido ao entrar na sala. Sinval fechou a porta e disse que estava tendo problemas no banheiro. *O vaso entupiu de novo*, ele disse, *eu ia chamar uma desentupidora, mas achei caro. Já ando devendo muito por aí. Se continuar desse jeito, minha namorada vai desistir de mim.* Reparei que ele segurava um desentupidor. *Precisa de ajuda?*, perguntei. Sinval respondeu que não precisava, *por enquanto acho que ainda consigo lidar com a minha própria merda*, e riu como se tivesse dito a coisa mais engraçada do mundo. *Eu não vou demorar*, eu disse, *só vim ver se você tem aqueles livros das leituras obrigatórias que preciso para o vestibular*. Sinval se agachou perto do vaso e começou a fazer movimentos para cima e para baixo com o desentupidor. Mas não adiantou muito. Depois pareceu cansado, embora não demonstrasse querer desistir. Observei que no balcão da pia havia alguns livros, entre eles o *Ulysses*, de Joyce. Sinval olhou para mim e perguntou se eu já tinha lido. Eu disse que não e que não tinha essa pretensão porque o livro era grande e parecia difícil. Sinval voltou a fazer os movimentos no vaso e disse, rindo: *ora, ora, isso lá é resposta que se dê, hombre? Literatura é difícil, não me venha com essa. Toma, segura aqui, me ajuda um pouco porque eu cansei*, e me passou o desentupidor. Quando me aproximei do vaso e vi aquele monte de merda, me deu ânsia de vômito. Fechei os olhos. *Vai, tenta, vai*, disse Sinval. *Não tenha medo de chafurdar*, e ria, *vamos, hombre*. Então abri os olhos, enfiei o desentupidor no vaso, e fiquei vendo os dejetos subirem e descerem junto com os movimentos que eu fazia. Depois passei a respirar pelo nariz. Sinval me incentivava: *vamos, Joaquim, isso aí também é poesia, haha. Isso é o máximo que você pode fazer? Vamos, ponha força nesses braços. Não vá me fazer pagar por uma empresa que vai me custar os olhos do cu.* E ria. Depois de algumas tentativas eu decidi parar porque me senti um pouco idiota. Lavei as mãos, Sinval fez o mesmo, depois fechou a porta do banheiro e fomos para a sala. Ele se sentou numa poltrona velha que tinha um rasgo pelo qual dava para ver a madeira e a espuma, enquanto eu me ajeitei numa carcaça que ele chamava de sofá. Reclamou que ia ter que chamar uma empresa para resolver o problema. Eu fiquei em silêncio. Estava meio puto, porque não tinha ido lá para desentupir privada. Sinval percebeu meu desapontamento e, tentando achar um modo de se desculpar, disse: *podemos fazer algumas leituras do* Ulysses *juntos, se você quiser*. Agradeci e disse que talvez outra hora. Sinval guardava tantos livros naquele apartamento minúsculo, que eu tinha a impressão de que precisávamos sempre pedir licença a eles para entrar. Depois ficamos quietos novamente. Na verdade, eu já queria ir embora. Nesse meio-tempo, Sinval me ofereceu café. Aceitei, até porque o aroma da cafeína talvez pudesse amenizar o fedor que ainda voltava com força. Fomos para a cozinha e ele perguntou se eu andava escrevendo. Eu disse que não tinha muito tempo, mas que queria escrever uma história curta. Tomei coragem e contei que estava pensando em participar de um concurso de literatura. Sinval assentiu com a cabeça como se estivesse me entendendo, depois perguntou sobre a ideia do conto. Sua voz nesse momento me pareceu afável e delicada. Ele não lembrava em nada a pessoa que momentos antes me recebera com um desentupidor na mão. Me senti mais à vontade. Então comecei dizendo que o conto era sobre uma família negra que fica presa numa casa durante quatro anos, *mas eles ficam presos por vontade própria. Quer dizer, eles estão se escondendo de algo que está fora da casa, são cinco personagens, todos adultos,* eu disse. *É uma história real sobre uma família que foi encontrada escondida na sua própria casa e nem os vizinhos sabiam que eles estavam lá. As reportagens que li não traziam muitos detalhes sobre como eles conseguiram ficar dentro de casa por quatro anos sem serem notados,* eu disse. Sinval fez um movimento como que dizendo para eu continuar. *Minha ideia é reconstituir a história dessa família dentro da casa e narrar os motivos que os levaram a ficar escondidos. Quero com essa história denunciar como o racismo e o preconceito no Brasil obrigaram essa família negra a se esconder numa casa por quatro anos. Mostrar essa casa como uma espécie de quilombo urbano. Uma casa de resistência contra a opressão*, eu disse. Sinval continuou me olhando e perguntou se eu já tinha começado a escrever. Respondi que não, que ainda estava pensando na história. Foi quando Sinval mudou de expressão. *Esse concurso dá algum prêmio em dinheiro?* Eu disse que não sabia e que também não me importava, porque o que me interessava era escrever um bom conto. Sinval mostrou certa irritação. *Se eu fosse você, não gastava tempo com essa história, nem com esse concurso.* Fiquei um pouco surpreso. *Por quê?*, perguntei. *Porque você não está interessado em contar uma história, está interessado em fazer uma denúncia. Se for isso, vá lá e escreva um artigo e publique num blog qualquer por aí. E outra, você precisa de grana, não gaste seu tempo em concursos que não dão prêmio em dinheiro. Esse tipo de concurso serve para os brancos que moram no Moinhos de Vento, não pra você.* Senti um incômodo com aquela resposta. Pensei um pouco e disse que até poderia concordar com a questão do dinheiro, *mas a situação dos negros no Brasil...* Sinval me interrompeu: *não me venha com essa, Joaquim.* E fez uma pausa como se estivesse procurando as melhores palavras: *olha, o argumento do seu conto não é ruim, mas veja, não me parece que você esteja pronto pra escrever ficção.* Escutei aquilo como uma ofensa, a postura de Sinval diante do que eu pensava começava a me deixar confuso. *Então você acha que a literatura tem de ser omissa?*, falei. Sinval descruzou as pernas, se levantou, foi até a cozinha e trouxe o café. *Joaquim, a literatura é só um meio de dizer que estamos vivos e que um dia vamos morrer.* Fiquei paralisado e ainda mais confuso. Minha convivência com Jéssica havia me dado certa consciência. Eu queria escrever o conto e pelo menos tentar ganhar aquele prêmio. Saí atordoado do apartamento e, principalmente, sem os livros que queria. Dias depois desisti de participar do concurso.

8.

Meus primeiros meses na faculdade foram de adaptação, eu sabia que precisava aprender rapidamente as dinâmicas do mundo acadêmico. E não demorei a constatar que numa universidade pública os estudantes não costumam ter dúvidas. Ninguém pergunta nada. Os alunos apenas complementam o que diz o professor. São todos muito sabidos. Também notei que todo mundo ali já entrava falando alguma língua, em especial o inglês. Eu tentei me aventurar num curso de inglês básico. Achei que fosse direcionado a alunos como eu, que saíram da escola sem nem saber conjugar o verbo *to be*. Mas eu estava errado. A professora entrava e saía da sala falando inglês, então passei um semestre perdido, porque, pelo que pude compreender, fazer uma pergunta era sinônimo de fraqueza, ou algum atestado de que você não deveria estar ali. Desisti do inglês. Em pouco tempo aprendi que a universidade poderia ser um lugar hostil. Por isso, estabeleci uma certa rotina: procurava não chamar atenção. Não perguntava nem contribuía em aula. Ia sempre com todas as leituras feitas. Nos trabalhos em grupo costumava ser exemplar, mesmo observando a desconfiança dos meus colegas. Num primeiro momento, eles tinham curiosidade sobre mim, porque eu era um rapaz negro retinto, morador de Alvorada, o que não era muito comum ali, mas, quando descobriam que eu era cotista, eles se tranquilizavam, já presumiam saber tudo sobre mim. Então eu era colocado num lugar específico no imaginário deles: pobre coitado sem muita cultura, sem muita leitura, que não sabia falar inglês. As coisas começaram a mudar quando resolvi me matricular numa disciplina de produção de texto ficcional, ministrada pelo professor Moacir Malta. Era um curso eletivo mas muito procurado, sobretudo por estudantes novatos que se sentiam atraídos pela ideia de se tornarem escritores. Contei a Jéssica da minha expectativa. Disse-lhe que aquela era a minha chance de me tornar um poeta profissional. Ela riu, achou absolutamente engraçada a expressão "poeta profissional".

9.

No primeiro dia de aula, Moacir Malta fez todo mundo se apresentar e dizer por que estava ali. Para mim pareceu uma pergunta sem sentido, porque era claro que todos estavam ali para aprender a escrever. Escutei pacientemente dez colegas justificarem sua presença. As respostas se alternavam entre *quero melhorar minha escrita* e *quero ter a chance de ter uma leitura qualificada e técnica dos meus textos.* Quando chegou a minha vez, respondi: *estou aqui porque quero ser poeta.* Houve um início de burburinho na sala. Moacir Malta deu uma risada de canto de boca. *Bem, meu jovem, sinto lhe dizer, mas não creio que você vá aprender a ser poeta nesta disciplina. No máximo poderá se tornar um bom leitor.* Em seguida, passou a palavra para outro estudante. Cheguei a fazer um pequeno movimento com a mão para pedir a palavra, mas desisti. Terminada a aula, pensei em ficar um pouco mais para conversar com o professor. Entretanto, Moacir foi logo cercado por vários estudantes, todos muito polidos. Permaneci alguns minutos por lá e depois fui embora.

10.

Minha rotina de estudante incluía levantar cedo e dar café para a minha avó. Ela se chamava Joelma, e, depois que ficou doente e emagreceu, a gente passou a chamá-la de Vó Fininha. De vez em quando, ela discutia política comigo. Não gostava muito de pessoas brancas. A frase preferida dela era: *meu filho, nunca confie demais nos brancos*. Mas, quando era acometida pelos sintomas da demência, ela repetia as coisas. Enganava-se com o tempo. E voltava a esconder as chaves de casa. Tia Julieta dizia que mais cedo ou mais tarde teríamos de interná-la numa casa de repouso. Julieta era uma das poucas parentes que me restaram. Mas nós não tínhamos dinheiro para colocá-la numa clínica. E não ter como dar uma vida mais digna a ela me magoava. Naquela semana, fui para a aula de Moacir Malta sem ânimo algum. Subi no ônibus lotado. Todos os dias eu tinha de me espremer. Pelo menos metade do caminho eu ficava de pé sendo encoxado. Uma certa revolta tomou conta de mim por saber que a maioria dos meus colegas da universidade não tinham de cuidar de uma avó com demência, não tinham de enfrentar um ônibus como aquele, não tinham de ficar procurando emprego. Naquele dia, Moacir Malta leu alguns trechos do *Ulysses*, de Joyce. Disse coisas interessantes, embora tenha passado boa parte da aula repetindo o quanto era difícil compreender Joyce. Eu sabia que o *Ulysses* era difícil. E confesso que me sentia um pouco arrogante por pensar em enfrentar aquelas páginas. No fim da aula fui à biblioteca atrás de um exemplar. Peguei uma edição antiga de capa dura. Passei pela bibliotecária com certo orgulho por estar levando um livro daqueles, mas ela não se mostrou surpresa, apenas pegou o livro como pegaria qualquer outro e frisou a data da devolução.

11.

No final da aula seguinte, uma das minhas colegas, a Elisa, veio falar comigo. Nunca tínhamos exatamente conversado, tínhamos apenas trocado algumas palavras sobre as aulas. Eu já estava no corredor quando ela me chamou. *Sua mochila está aberta*, ela disse. Me virei e logo em seguida fiz um movimento desajeitado para fechá-la. Agradeci. Olhei melhor para ela. Era loira, os cabelos compridos e uma franja reta na testa, tinha os olhos castanhos grandes e tristes. Estava com uma calça jeans escura. Uma blusa larga, branca. *Você está gostando da disciplina?*, ela perguntou. Não sabia se deveria ser honesto e dizer que, para mim, as aulas até agora não haviam acrescentado muita coisa. Acabei dizendo que sim, que estava gostando. Fomos caminhando pelo corredor. Com a minha resposta o rosto de Elisa se iluminou, e então ela se pôs a falar de toda a sua admiração por Moacir Malta, que aquela estava sendo uma grande oportunidade para ela. *Sabia que ele me convidou pra participar do grupo de pesquisa dele sobre poesia barroca? Acho que ele vai acabar te convidando também.* Não quis desapontá-la dizendo que não fazia muita questão de ser convidado. E também não fazia ideia do que era poesia barroca. Nesse momento ouvimos uma trovoada. O céu estava escuro. Naquele meu primeiro semestre na universidade, eu ainda não tinha reparado na vegetação. Havia algo de selvagem e bucólico que contrastava com o lugar onde eu morava. Assim que saímos do prédio, começou a chover. Elisa perguntou se eu queria uma carona. *Minha mãe vem me pegar no estacionamento*, disse com uma voz gentil. *Eu moro em Alvorada*, falei. *Não tem problema*, ela respondeu, *eu falo com a minha mãe, não tem problema mesmo*, repetiu. *Ela estuda aqui também*, disse enquanto abria um guarda-chuva. *Deve ser sua colega, aliás. O nome dela é Ana Clara*. Pelo nome não consegui lembrar. Na verdade, eu não lembrava do nome de nenhum dos meus colegas. Acabei aceitando por insistência de Elisa. Quando chegamos no estacionamento, Ana Clara nos acenou. A chuva tinha diminuído. Nos aproximamos, Elisa fechou o guarda-chuva e me apresentou: *mãe, esse é o Joaquim. Eu disse que podíamos dar uma carona pra ele. Ele mora em Alvorada.* Ana sorriu: *claro. Eu sei quem ele é, Elisa. Somos colegas na cadeira de leituras dirigidas.* Fiz um esforço para lembrar, mas não consegui. Ana Clara tinha quarenta e cinco anos, mas parecia ser mais nova. Os cabelos eram encaracolados e curtos, se alguém me dissesse que ela era sueca, eu acreditaria. No entanto, elas eram descendentes de alemães. A princípio não pareciam mãe e filha. Pareciam muito diferentes, mas, se você olhasse com mais atenção, era possível notar as semelhanças: o nariz levemente empinado, o queixo anguloso, as covinhas nas bochechas, os olhos castanho-claros e as sardas no rosto. O carro era um Ka preto, de duas portas. Antes de entrarmos, Ana pediu um minuto. Abriu a porta, jogou o banco do motorista para o volante. Depois se inclinou e pude ver que ela usava uma blusa floreada com tons violeta, uma calça jeans larga, galochas vermelhas. Ana Clara tirou de cima dos bancos duas garrafas pet, sacolas plásticas, um rolo de barbante, tesoura, papéis, livros, um tubo de cola, e tive a impressão de ter visto embalagens de camisinha. *Eu faço reciclagem*, ela disse. *Entra aí.* Entrei. Aquele veículo não correspondia à imagem delas, além disso o interior fedia a maconha. No caminho fomos escutando o álbum *Transa*, do Caetano. Aos poucos fui descobrindo que Ana Clara não trabalhava. Não formalmente. *Eu faço banana-passa e cookies pra vender*, ela disse. *Já comeu cookies de maconha?* Eu disse que não. *São uma delícia. Pra quem escreve é uma maravilha. Na próxima carona, eu trago uns pra você provar*, e deu uma piscadinha para mim pelo retrovisor. Elisa revirou os olhos. Mais tarde, descobri que quem segurava as pontas tanto de Ana Clara quanto de Elisa era a mãe de Ana. Ainda que Elisa se incomodasse por viver às custas da avó. Elisa queria ter seu próprio dinheiro, por isso trabalhava numa escola de inglês para adolescentes num bairro nobre de Porto Alegre. *Então você quer ser escritor, Joaquim?*, Ana perguntou, me olhando de novo pelo retrovisor. *Talvez*, eu disse, um pouco envergonhado. *Gosto de ler, só isso*, completei. Ana pareceu satisfeita com a minha resposta. No resto da viagem, ficamos calados. Elas me deixaram na frente de casa. Me despedi agradecendo a carona. Ana disse que estava às ordens quando precisasse. À noite contei a Jéssica sobre a aula, sobre a carona, sobre Ana Clara e Elisa. Jéssica me ouviu atentamente. Ela não me julgou, apenas tentou me prevenir: *Joaquim, se liga com essa gente branca. Tu sabe muito bem que, se o carro tivesse sido parado numa blitz, quem tinha se fodido era tu. Abre teu olho.* Eu gostava daquele jeito dela de me dar a real. Eu queria me casar com Jéssica.

12.

Semanas após o início do curso de Moacir Malta, eu disse a Jéssica que havíamos recebido a tarefa de ler e analisar alguns poemas do James Joyce. Fiquei responsável por apresentar o poema "XVI", do livro *Música de câmara*. A ideia era fazer uma interpretação, levando em consideração os elementos e os aspectos da lírica, para logo a seguir produzir um poema. Mas confesso que, quando li os primeiros versos, dos trinta e seis poemas, achei-os simplórios, ou talvez eu estivesse enganado e não tivesse entendido. Lia os versos duas ou três vezes, e nada. Aqueles poemas mexiam comigo, mas para mim era impossível entendê-los, talvez por conta da simplicidade. Naquele dia, Jéssica pediu o livro: *deixa eu ver isso aqui*. Estávamos no meu quarto. Minha avó já estava alimentada e acomodada. Da rua vinha o som dos cachorros e de crianças gritando enquanto brincavam. Jéssica leu o primeiro poema e disse: *achei chato pra caralho*. Depois largou o livro e conversamos sobre a dificuldade que ela estava tendo em encontrar uma creche mais próxima de casa para sua filha, e que era complicado conciliar tudo. Em seguida nos deitamos na cama, já estava tarde. Nos acariciamos e foi nesse momento que ela pegou o livro de volta. Começou a ler. Ainda parecia entediada. Depois me olhou e disse: *vem cá, tive uma ideia*. Se ajeitou na cama e pediu: *me chupa enquanto eu leio em voz alta esses poemas ruins*. Obedeci. Tirei sua calcinha ao mesmo tempo que ela folheava o livro como se ignorasse o que estávamos prestes a fazer. Jéssica se reclinou na cama. Abriu as pernas, com os joelhos levemente dobrados. Busquei uma posição confortável de bruços porque já sabia que íamos demorar. Lembro das coisas que ela me dizia nas primeiras vezes: *Joaquim, não esqueça, sua língua não é a extensão do seu pau. Amoleça ela. Outra coisa, você tem duas mãos, use quando estiver chupando*. No início, aquelas orientações me deixavam um pouco atrapalhado, porque não conseguia coordenar muito bem a intensidade da sucção com os movimentos da língua e meu passeio pelo corpo de Jéssica. Aos poucos fui percebendo que chupar Jéssica tinha de estar dentro de um contexto, e o contexto naquele caso era ler os poemas. Além do contexto, *era preciso preparar o terreno*, para usar uma expressão dela. Isto é, eu não podia sair enfiando a língua. Tinha que começar pelas coxas. Dar umas mordidinhas. Passear pela virilha. Me demorar nelas. Jéssica lia com atenção e parecia não sentir nada: *Oh como é frio o vale, agora!/ para lá nós vamos, meu amor,/ Que há muitos coros soando agora/ Onde algum dia andou o Amor*. E eu a lambia e chupava os lábios internos: *Não ouve o torno, que nos chama ao longe/ Nos chama, com seu canto?*. Foi quando senti o primeiro gemido de Jéssica. *Oh calmo e frio é* o vale/ Ele vai ser, amor, nosso recanto. Depois eu lambia sua buceta até bem perto do clitóris. Quase sem encostar. Parava. Seguia. Agora Jéssica já tinha dificuldades em continuar com a leitura. Eu sabia que precisava manter aquele ritmo. *Oh calmo e frio é o vale/ Ele vai ser, amor, nosso recanto.* Após algum tempo minha língua estava meio dormente, os maxilares doíam, quando ela deixou o livro cair no chão, pôs as duas mãos na minha cabeça e disse: *não para. Assim*, ela disse, *assim*, repetiu. Em seguida, Jéssica se contorceu na minha boca e gemia baixo para que minha avó não escutasse. Enquanto ela relaxava, eu fiquei olhando para o seu corpo. Depois me puxou pelos cabelos e, com minha barba encharcada, me beijou com força e disse: *Me come.* Quando terminamos, ficamos os dois olhando para o teto. Jéssica virou para mim e disse: *sabe o que estou pensando, Joaquim?* Balancei a cabeça com um não e ela continuou: *que esse poema aí nada mais é do que a história de um amor que se perde.* Olhei para o livro: *você acha?*, perguntei, e peguei-o do chão. *Acho, me dá ele aqui.* Alcancei para ela. *Olha esse verso: Oh como é frio o vale, agora!/ para lá nós vamos, meu amor.* E começou a analisar: *é como se a frieza começasse a tomar conta daquele amor. Como se ele fosse descobrindo quem de fato é a pessoa que ela ama, mostrando que, quando as ilusões desaparecem, surge um terceiro de dentro daquela pessoa, alguém que você não estava acostumado ou nunca viu mas que aparece no mesmo corpo, na mesma voz, mas é outro, sabe? Outro que se escondeu de você, porque seus olhos estavam ocupados demais com as ilusões que você mesmo criou dela. Olha esses outros versos aqui: Uma vez mais./ Palavra ou gesto não refaz/ o laço antigo/ Agora é apenas um estranho.* Jéssica parou por um instante e continuou seu raciocínio: *eu acho que descobrir a face verdadeira de quem a gente gosta pode ser terrível*, e deu uma risada. Quando ela disse isso, eu me senti triste, porque achei que um dia pudesse perdê-la. Jéssica era profunda demais para mim. Eu tinha medo de que ela descobrisse que eu só sabia tatear a superfície. Em seguida, ela se vestiu e disse que precisava ir dar o jantar para Yasmin. Me deu um beijo e foi embora. Acho que talvez ela tenha ficado um pouco triste também. Preferi não perguntar nada a ela. No resto da noite fiquei lendo e relendo os poemas. Fiz anotações nos versos. Nos dias que se seguiram, fiz pesquisas sobre a obra de Joyce. Pesquisei tudo que podia. Eu queria mostrar que era capaz de fazer uma boa análise.

13.

Cheguei mais cedo na universidade, a sala ainda estava fechada. Sentei-me no banco ao lado da porta. O primeiro a aparecer foi o Eduardo. Era um rapaz bonito, devia ter vinte e dois ou vinte e três anos. Branco, cabelos pretos, e parecia tímido. Sentou-se ao meu lado. Disse um *oi* protocolar. Também respondi com um *oi* protocolar. Depois ele sacou o livro do Joyce e ficou como que revisando sua análise. Pôs os fones no ouvido, deixando claro que não queria conversa. Em seguida chegou a Vanessa, monitora da disciplina, uma menina muito alta e magra. Tinha uma tatuagem no ombro esquerdo, uma flor de lótus colorida. Foi ela quem abriu a sala. Em minutos os outros colegas foram chegando. Moacir Malta foi um dos últimos a entrar. Trouxe com ele um convidado. O escritor e professor Fernando Caim. A única coisa que eu sabia dele era que havia publicado cinco ou seis romances históricos. Malta disse que Caim pesquisava a poesia joyceana e que ele queria nos ouvir. Depois de uma breve apresentação, Moacir Malta me olhou e disse: *acho que podemos começar por você*. Aquilo me pegou de surpresa. Abri a pasta, retirei o livro e minhas anotações. Estava nervoso e queria evitar que as pessoas percebessem isso pela minha voz ou pelas minhas mãos trêmulas. Era nesses momentos que eu buscava a imagem de Sinval, e tentava, às vezes com êxito, lembrar de sua postura diante de situações adversas, ou mesmo projetava em mim como ele reagiria. Eu havia escrito um texto para ler, mas achei melhor decorá-lo, então assumi um tom professoral, porque queria impressionar. Comecei dizendo que a poesia de Joyce era subestimada, mas que talvez fosse a melhor forma de se iniciar no universo do autor. Fernando Caim assentiu, demonstrando que concordava comigo. Me enchi de confiança e segui dizendo que os poemas narravam o início de um amor e seu fim provocado por uma traição. Enquanto eu falava, sentia que Moacir Malta estava inquieto. Mexia-se a todo momento, o que de algum modo me tirava um pouco a atenção. Li o trecho de um dos poemas. *Escuto um exército em carga pela terra/ E estrondo de cavalos se arrojando, a espuma nos joelhos/ Arrogantes, com armadura negra, atrás dele se erguem, desenhando rédeas, com chicotes flutuantes, os cocheiros./ Eles bradam para a noite os seus nomes de guerra/ Choro dormindo ouvindo ao longe, o vórtice da gargalhada./ Eles cindem o escuro onírico/ Fulgor que cega/ E martelam, e martelam o meu peito como uma bigorna./ Eles vêm sacudindo em triunfo a verde e longa cabeleira:/ Eles surgem do mar e aos berros correm pela praia./ Coração, não tens prudência nenhuma, com tal desespero?/ Amor, amor, amor por que me deixaste só?* Quando terminei, não lembrava exatamente o que tinha a dizer, não sei se por nervosismo ou por falta de experiência, então desisti de falar de improviso e passei a ler as anotações, o que gerou certo desconforto, porque minhas próprias anotações de repente se tornaram confusas para mim. Em seguida, sem ter mais o que dizer, pus fim à apresentação. Moacir Malta me agradeceu. Fez apenas alguns comentários repetindo o que eu havia dito. Por algum tempo Fernando Caim permaneceu me olhando. Mas não disse nada. Elisa, que estava do outro lado da sala, sorriu para mim. Abandonei a sala antes que a aula terminasse. Me sentia culpado porque pensava que agora poderiam confirmar o que pensavam de mim.

14.

A volta para casa foi um inferno. Nem "Jesus chorou", dos Racionais, nos fones ajudava. O calor era sobrenatural. Em pé e apertado, no ônibus da linha Jardim São Pedro, eu olhava para fora e quase podia ter certeza de que o asfalto derretia. Eu sentia sede e suava. Aos poucos, um assomo de enjoo começou a se aproximar de mim. O sol entrava violento no ônibus. Pessoas se abanavam. Algumas tentavam se defender usando a mão. Outras apenas aceitavam aquela condição e cochilavam, porque talvez fosse a melhor coisa a fazer. Eu estava num lugar caótico indo para outro lugar igualmente caótico. A viagem durava cerca de uma hora, isso quando não pegávamos engarrafamento na avenida Assis Brasil. Para controlar o enjoo, procurei desviar a atenção. Eu precisava distrair minha ânsia. Lancei um olhar pela janela, e o cenário na rua também me pareceu caótico e triste. Como se não houvesse saída. Não é possível, pensei. Não é possível. Há de haver algo de bonito nisso tudo. Não era possível que a síntese da minha vida fosse um ônibus lotado em meio a um calor insuportável de verão. Então, a cada prédio, a cada rua, a cada pessoa que passava, eu empreendia uma busca por algo bonito que me fizesse doer. Não a dor física. Mas a dor sutil e invisível de algo que nos atinge e nos desabriga. E no ônibus suado, com cheiro de gente, apinhado de trabalhadores que rumavam para suas casas, entendi que aquele microcosmo caótico era o cenário que eu tinha. Há de haver alguma beleza nessa vida fodida de merda, pensei. Fechei os olhos. Eu era um idiota tateando no escuro em busca de beleza num ônibus fedido e lotado a caminho de Alvorada. Tive ali a consciência de que a beleza era a coisa mais imprecisa do mundo. Desci duas paradas antes da minha. Precisava me recuperar. Caminhar me devolvia a dignidade. Eu tinha de chegar inteiro em casa porque minha avó precisava do melhor de mim. Acontece que eu não tinha o melhor de mim. Eu procurava dar o que eu tinha, o que não era muito. Mas era o que eu tinha. Então vi o Lauro do outro lado da rua. Ele me acenou. Acenei de volta. Como sempre, ele estava de terno e gravata.

15.

Lauro era negro, estudante de direito. Assim como eu, era cotista. Fomos criados juntos, na mesma rua. A primeira vez que Lauro ouviu a palavra "bicha", ele tinha oito anos. E ouviu a palavra da boca da própria mãe, a dona Ruth. Estavam todos reunidos no aniversário da irmã caçula, a Pâmela. O pai, Humberto, a avó, Jacira, e o irmão mais velho, Carlos Alberto, além de todos os tios e primos. Dona Ruth contava uma anedota envolvendo um vizinho que dava em cima do marido dela: *eu tive que pôr a bicha no lugar dela, né? Esses viados têm inveja da gente porque eles não têm buceta*, e ria. Pouco tempo depois, aos dez anos, Lauro descobriu, ao levar um pontapé na barriga e ser chamado de "bicha" por um coleguinha, que aquilo era um tipo de ofensa. Sentiu-se magoado não só pelo pontapé, mas por outra coisa que ele não sabia bem qual era. Ainda não entendia o que queria dizer ser bicha nem ser viado. Sabia, no entanto, que jamais poderia perguntar o significado para ninguém. Era um segredo seu. Na adolescência, Lauro estabeleceu algumas estratégias que impedissem que se pusesse em dúvida sua hombridade. Porém, quando conheceu Taís, aos treze anos, achou que estaria salvo. Taís tinha catorze e era tímida como ele. Tornaram-se próximos na escola. Não porque sentiam atração um pelo outro, mas porque eram tristes. Havia neles um sentimento de apatia diante das coisas. Eram sensíveis e frágeis. Foram unidos pela precariedade. Com o tempo, passaram a pertencer um ao outro. A família de Lauro via com bons olhos aquela relação. Certo dia, Humberto chamou o filho e disse: *Lauro, tu já comeu essa guria? Tem que comer logo. Tu não precisa casar com ela, mas tem que comer. É isso que homem faz.* Lauro estava com dezesseis anos, mas ainda não havia olhado para a menina daquela forma. Não se imaginava fazendo qualquer coisa de ordem sexual com Taís. Eram só amigos e ele gostava de estar com ela. Lauro apenas baixou e balançou positivamente a cabeça. A família da Taís, que a achava estranha porque gostava de ficar sozinha e quieta, também apoiava o namoro. Antes de terminarem o ensino médio, tanto Lauro quanto Taís ficaram muito amigos do William. Na verdade, ele era muito mais amigo de Taís, já que praticamente foram criados juntos, mas foi na adolescência que se aproximaram mais. William era diferente dos dois, porque era mais extrovertido, gostava de jogar basquete. Vestia-se com camisas de times de basquete norte-americanos. Usava brinco nas duas orelhas e correntes no pescoço. Também tinha um grupo de hip-hop chamado Magma Rap e não gostava da escola. Era considerado muito bonito por todos, e ele sabia disso. Alto e retinto, tinha o tórax bem definido embora não fosse frequentador de academias. Lauro evitava olhar diretamente para William. Certa vez, depois de terem jogado basquete no ginásio da escola, eles foram para o vestiário. Naquele dia, William tirou a roupa na frente de Lauro e de outros rapazes, depois foi para o chuveiro. Lauro recusou-se a olhar para ele. No entanto, quando percebeu que William estava de costas, pôde reparar em mais detalhes do seu corpo. O banho foi rápido, William estava com pressa. Desligou o chuveiro, vestiu-se e disse: *nos vemos amanhã*. Lauro fingia arrumar as coisas, e ainda de cabeça baixa respondeu: *sim, nos vemos amanhã*.

16.

Quando cheguei em casa, tia Julieta reclamou que eu havia demorado, disse que ela já estava atrasada para o plantão no hospital. Ela também trabalha como auxiliar de serviços gerais. Pedi desculpas e menti que o ônibus tinha quebrado. Ela me deu um beijo e disse que já tinha dado o remédio das seis, *agora, os outros, só às nove, não esquece*. Minha avó estava na sala, na cadeira de rodas. Eu disse: *oi, vó*. Ela me olhou com perplexidade e perguntou quem eu era. *Sou eu, vó, o Joaquim, seu neto*, eu disse com gentileza. Eu era gentil porque isso era uma das poucas coisas que eu ainda podia fazer por ela. Vó Fininha me olhou novamente e perguntou onde estava minha mãe. Para mim era dolorido repetir que minha mãe tinha morrido. Mas eu dizia, porque sempre era preciso dizer. E, depois que eu respondia todas as perguntas, minha avó regressava a si mesma e me reconhecia, e me pedia desculpas por não se lembrar de mim e por ter esquecido da morte da própria filha. *Não precisa pedir desculpas, vó. Às vezes é bom esquecer das pessoas que se foram, senão a vida fica insuportável*. Vó Fininha segurou meu rosto, disse que eu era muito inteligente e que ela gostava de mim. E eu disse que também gostava dela. E então fui para o quarto pensar no poema que iria escrever para a disciplina de Moacir Malta.

DE ONDE ELES VÊM

1.

Você ainda vai aprender que a vida não é silenciosa. A vida é sempre barulhenta. Mesmo quando você tapa os ouvidos, mesmo quando a mudez impera, outro tipo de ruído se impõe: o som do corpo. O silêncio é impossível. O coração é barulhento. E você lembra que tem um corpo que se move sem que você perceba. Lembre-se disso quando for escrever. De todas as coisas que aprendi com Sinval, talvez essa tenha sido a que mais me marcou. Sei que convivemos durante pouco tempo, mas foi o suficiente para indicar a importância da sua presença para mim. Em algumas ocasiões tive a impressão de que ele tinha um espírito inacessível. Como se precisasse manter um segredo sobre si. Como se nem ele pudesse se conhecer por completo, pois isso o acabaria matando. Além do mais, Sinval parecia cultivar a contradição como filosofia. Cultivava um adversário que o impedia de chegar a conclusões fáceis. E era nessa disjunção, nessa tensão interna entre acordos e desacordos, que Sinval se construía. E, por mais que eu tentasse me aproximar de seus pensamentos, do seu modo de viver e de ver as coisas, eu sempre fracassava. Sua maneira de ser refutava um entendimento apenas pela lógica. Então, eu, com minha pouca idade, me sentia devedor diante dele. Eu queria entender como Sinval captava o essencial de cada livro que lia. Entender como ele chegava naquelas percepções. Em sua presença, eu me sentia fraco, assim como a maioria das pessoas ao seu redor. A incerteza diante de alguém pode ser incômoda, mas para mim talvez tenha sido fundamental.

2.

À noite, na cama, enquanto tentava dormir, pensei que não deveria ter saído antes do fim da aula. Eu devia ter ficado e dito o que pensava sobre as demais apresentações. Imaginei que, após aquela aula, os dois professores foram ao bar da arquitetura tomar café junto com alunos e orientandos que faziam parte do seu grupo de pesquisa. Que falaram mais sobre Joyce e seus poemas. Imaginei também que em dado momento Fernando falou sobre mim, dizendo que havia achado boa minha apresentação, mas que Moacir Malta deu de ombros e disse que não achara tão boa assim. *É um rapaz esforçado.* Depois tomou um gole de café. *Igual a todos os outros alunos.* Moacir teria olhado para o colega e dito: *não, ele é diferente. Por que é diferente?*, Fernando teria perguntado. Moacir então teria se aproximado mais de Fernando para que os alunos não o escutassem. *Porque ele é cotista. Às vezes, são esforçados. Mas não têm base. Me sinto impotente diante da crueldade desse nosso sistema de ensino. Querem tapar o abismo com um remendo. A história já condenou dolorosamente essas tentativas. Tínhamos que estar preocupados com a educação básica, e não em colocar gente despreparada aqui dentro.* Fernando, também depois de tomar mais um gole de café, teria acrescentado: *mas aquele rapaz não me pareceu despreparado*. Moacir teria arqueado a sobrancelha concordando em parte, *vamos ver, vamos ver.*

3.

Depois que viu o nome de Lauro entre os aprovados e se deu conta de que ele teria um diploma, dona Ruth foi até o terreiro e, diante dos orixás, se ajoelhou e agradeceu. Em seguida correu a vizinhança se exibindo com o filho que se tornaria advogado. A vida estava se encaminhando. Mesmo que ele fosse um pouco esquisito, mesmo que fosse diferente do irmão mais velho. Carlos Alberto não queria saber de estudar, gostava de festas, era expansivo e vivia trocando de namorada. Quando a mãe reparava em Lauro, quando o olhava por mais tempo, sentia a diferença. Vez por outra pensava em perguntar como andava o namoro com a também esquisita Taís. A menina queria prestar vestibular para enfermagem, mas a família dela, que não tinha condições de arcar com os estudos, contentou-se de que fizesse um curso técnico. Dona Ruth apostava naquela relação. Achava que a esquisitice dos dois poderia dar certo. O filho também havia entendido que o melhor modo de ficar em paz era ter uma namorada. Na verdade, Lauro estava um pouco perdido, porque a desconfiança de que fosse "bicha" ainda pairava sobre ele. No entanto, gostava de Taís. Ela era carinhosa. A gentileza os aproximou. Quando assumiram seriamente a relação, ela com vinte anos e ele com dezenove, Humberto se mostrou mais entusiasmado. Agora tinha certeza de que o filho era um homem de verdade. Lauro e Taís não fizeram um acordo propriamente dito, mas não demonstravam desejo de transar. O que desejavam era a companhia um do outro, como se pudessem juntos partilhar a vontade de ser o que de fato queriam ser. Acontece que, com o tempo, com a convivência, a intimidade chegou e com ela a vontade de descobrir o corpo um do outro. A carência deu lugar a um desejo sexual de que nem eles tinham consciência. Naquele mesmo ano, Lauro começou as aulas na faculdade de direito.

4.

Na semana seguinte à apresentação, conheci o namorado de Elisa. Ele havia ido buscá-la após uma aula. Eu estava a caminho do restaurante universitário quando vieram na minha direção. Elisa nos apresentou: *esse aqui é o Joaquim e esse é o Geraldo, meu namorado*. Sempre achei que alguns nomes não cabem a crianças e jovens, porque soam antigos. Por exemplo, eu nunca conheci crianças que se chamassem Vera, Odete ou Geraldo. Olhei para o namorado de Elisa e percebi que aquele nome era incompatível com ele. Geraldo era branco, tinha cabelo comprido, usava cavanhaque sem bigode. Havia algo nele que me lembrava um dos sete anões da Branca de Neve, não pela altura, mas pelo formato do rosto. Vestia uma camisa do Grêmio. Era estudante de história. Dava aulas num cursinho pré-vestibular popular, para pessoas de baixa renda. *Muito prazer*, ele disse. Retribuí. *Você é poeta, né? A Elisa me contou que você sabe muito de literatura. Se você quiser, pode ir um dia numa aula minha trocar uma ideia com meus alunos sobre poesia, acho que vai ser massa.* Agradeci. Depois pensei um pouco e disse: *não sei se eu seria bom em sala de aula. Acho que não nasci pra ser professor.* Elisa disse que eu estava exagerando, e que seria apenas uma conversa com alunos. Em seguida perguntou se eu estava indo comer. Eu disse que sim. Fomos os três para a fila do restaurante. Lá dentro fazia muito barulho, então tínhamos de aumentar o volume da voz. Eu e Elisa falávamos mal dos nossos colegas, das aulas e de alguns professores. Geraldo não interagia muito. Mas não parecia incomodado. Era o jeito dele. Às vezes ria de alguma coisa, mas na maior parte do tempo ficava em silêncio. Na saída do restaurante, Elisa perguntou se eu já tinha escrito o poema para a disciplina, e eu disse que sim. *Estou curiosa pra ler*, ela disse. Antes de irem embora, Elisa falou que iria promover um encontro com o pessoal da faculdade na casa dela. E perguntou se eu não gostaria de ir. *Pode levar a sua namorada, ela deve ser genial. Minha mãe vai estar junto, mas fiz ela prometer que vai se comportar.* Eu disse que ia ver se dava para ir, porque tinha muita coisa para fazer. Ela insistiu dizendo que ia ser muito bom conhecer mais gente do curso. Depois nos despedimos. Na verdade, eu não tinha muita coisa para fazer. Mas fui para casa pensando que Jéssica jamais toparia ir a um encontro como aquele. Também fiquei pensando por que Elisa disse que Jéssica devia ser genial. Eu não tinha falado quase nada sobre ela. Pensei também o quanto os dois, Geraldo e Elisa, eram diferentes. Ele era fanático por futebol, ela queria ser escritora. Por um momento fiquei observando os fios nos postes do outro lado da rua, se emaranhavam, era impossível saber onde uns e outros começavam.

5.

Eu estava terminando de ler um artigo sobre linguística quando o Juca e o Caminhão bateram lá em casa. Eu poderia dizer que eles eram meus melhores amigos. Queriam ir no bar do Neto jogar sinuca. Eu disse que tinha de estudar e que depois ia ver a Jéssica. O Juca insistiu dizendo que seria só uma partida. Acabei indo. Mas, enquanto eu jogava, eu pensava no poema que estava escrevendo. Pensava na cara dos professores e dos meus colegas. Eu precisava ser bom e impressioná-los. Depois da sinuca fui até a casa de Jéssica. Ela me abraçou, e disse que estava cansada mas feliz em me ver. Yasmin veio me mostrar um desenho que havia feito na escolinha. Não era um desenho. Era um amontoado de rabiscos sem nenhum sentido. Elogiei e disse que ela ia ser uma grande artista. Yasmin só tinha cinco anos e não deve ter entendido o que significava ser uma artista. Mesmo assim Jéssica nos olhava com ternura. Ela gostava desses momentos. Eu também gostava. Eu era novo demais para querer ter uma família. Mas eu queria. Depois, Jéssica pôs Yasmin para dormir e me chamou para o quarto. Sentamos na cama. *Quero te chupar,* ela disse. Fui tomado por uma febre inesperada de excitação. Fiquei deitado enquanto Jéssica me chupava sem ter tirado a roupa. Depois ela me puxou e pediu para eu colocar a mão por dentro da sua calcinha. *Olha como eu tô.* E mandou que eu lambesse meus dedos. Eu gostava do gosto de Jéssica. Ela tirou a roupa e eu também. Em seguida, nos deitamos. Ela por cima. Peguei uma camisinha no bolso da calça. Ela disse que queria sem. *Mas você não tá tomando nada, pode ser perigoso.* Ela respondeu: *foda-se. Me fode, só não goza dentro,* ela disse. Fodemos e fiz o que ela mandou. Quando terminamos, continuamos abraçados. Estávamos cansados e adormecemos. Passada uma hora, Jéssica se levantou e foi ao banheiro. Depois foi a minha vez. Quando voltamos a deitar, eu disse que Elisa tinha nos convidado para ir a uma festa na casa dela, mas que eu já sabia que não iríamos. *Ora, por que não?,* ela perguntou. *Porque achei que você não fosse se interessar pelos meus colegas.* Jéssica me olhou e disse: *acho que pode ser divertido.* Me surpreendi com sua reação. Depois nos vestimos e eu fui para casa, não queria que minha avó ficasse sozinha por mais tempo.

6.

Elisa passou a manhã limpando o apartamento de ponta a ponta. Ana Clara não gostava da parte da faxina, então, para não discutir com a filha, decidiu ir ao supermercado com o namorado, o Luiz Cláudio, conhecido como Bola. Era um apelido bastante óbvio, porque em sua barriga havia uma circunferência tão grande que lembrava mesmo a de uma bola. Ele era quinze anos mais velho do que Ana. Tinha uma barba grande e branca. Bola era radialista. Produzia um programa de música estrangeira numa rádio pública. Era bom conhecedor do cenário musical no mundo. No entanto, Elisa não gostava do namorado da mãe. Achava que o Bola não a tratava muito bem. Achava ainda aquele tipo de relação esquisito e meio paternal, às vezes. Jéssica e eu fomos os primeiros a chegar. Nós já havíamos bebido duas latas de cerveja que pegamos no mercadinho do pai dela. Chegamos cedo, pois sabíamos que não podíamos voltar tarde, era sábado e dependíamos de ônibus. Apresentei Jéssica a Elisa, elas se cumprimentaram com um abraço. Depois Ana veio da cozinha trazendo um prato de palitinhos integrais de queijo. Nos cumprimentamos e ela disse que estava feliz em conhecer Jéssica. *O Joaquim fala muito de você*, disse. Jéssica sorriu. Fomos para a sala onde estava Bola. Ele nos perguntou se tínhamos alguma preferência musical. Estava tocando Nina Simone. Na época eu não sabia quem era Nina Simone. Quando Jéssica ia responder, a campainha tocou. Ana atendeu. Era o Geraldo, namorado de Elisa. Veio com dois amigos, também estudantes de história. Todos eles eram gentis e animados. Jéssica estava alegre e emendou uma conversa com Ana Clara. Ela sempre me surpreendia, porque jamais imaginei que as duas fossem se dar bem. Mais tarde, chegou também Albertina e outra amiga, a Alice. Albertina estudava jornalismo, e Alice era judia e fazia arquitetura. Um pouco depois, Geraldo disse para todos ouvirem: *temos um poeta entre nós*, e olhou para mim. Eu jamais gostei de chamar atenção. Queria desaparecer. Ana Clara perguntou se eu tinha algum poema para declamar. Eu disse que não tinha. Jéssica notou meu incômodo. Geraldo insistiu: *vamos lá, cara, recita aí um poema pra gente*. Ele segurava uma lata de cerveja, e tive dúvidas se estava bêbado ou só queria me encher o saco. *Cara, eu já falei que não tenho poema nenhum*, eu disse de maneira rude. Geraldo fez uma cara de espanto mas que ao mesmo tempo parecia deboche. Repeti que não tinha poema nenhum para declamar. Ana Clara, percebendo o clima, levantou e foi aumentar o som. Tocava "A menina dança", com a Baby Consuelo. Jéssica se aproximou e perguntou se eu queria um gole da cerveja dela, eu disse que sim. Depois ela me deu um selinho e voltou a sentar ao lado de Ana Clara. Eu fui para a sacada. O ar estava fresco. Logo em seguida Elisa apareceu dizendo que aquilo parecia vento de chuva. Acho que era o modo dela de se desculpar pela cena do Geraldo. Eu concordei. *Gostei muito da sua namorada. Jéssica é muito inteligente*, ela disse. Nesse momento, olhei para trás, *sua mãe também parece ter gostado dela*, comentei. E vimos as duas rindo. Depois voltamos a falar das aulas. Agora eu já me sentia mais à vontade e corajoso, porque também estava alto. *Eu desconfio que alguns professores não gostam de mim*, eu disse. *Mas eles te disseram alguma coisa?*, ela perguntou. *Não, mas eu sinto, por algum motivo eu sinto*. Elisa ficou pensativa e após um gole disse: *pode ser apenas impressão sua ou que eles só não sabem lidar com você. Como assim?*, perguntei. Elisa deu outro gole de cerveja e continuou: *ah, pode ser que estejam assustados por você saber bastante de literatura*. Elisa fez uma pausa. Depois continuou desenvolvendo seu raciocínio: *eu acho que os professores estão um pouco perdidos com a entrada de vocês*. Refletiu melhor e refez o comentário: *talvez "perdido" não seja uma boa palavra*, *talvez seja preconceito mesmo*. Quando ela disse isso, me senti mais aliviado. Eu ainda não sabia muito bem como agir diante da desconfiança das minhas capacidades, embora aquela desconfiança nunca se apresentasse com clareza para mim. *Você já decidiu se vai escrever um livro de poemas?*, ela perguntou de repente. Eu respondi que não. Eu queria ser poeta porque achava que era mais fácil. Mas, quando me propus a escrever de fato, achei que era impossível, ainda mais depois de tudo que havia lido. Porque eu não sabia ser exato com as palavras, não sabia me aproximar delas. *Talvez eu experimente ir para o conto*, disse. Voltamos para a sala onde Bola, Ana Clara, Jéssica e Albertina dançavam ao som de Tim Maia. Elisa disse: *vamos dançar também?* Eu fui. Geraldo e os amigos não queriam se misturar e continuaram na cozinha falando do novo técnico do Grêmio. Quando achei que todos os convidados já haviam chegado, a campainha tocou novamente. Elisa foi atender. Eram mais dois amigos dela: Saharienne e Gladstone. Os dois também cursavam letras. Saharienne era magra, tinha os olhos grandes e vibrantes, e estava usando tranças. Gladstone era baixo, um tanto gordo e tinha um bigode que o deixava com um jeito de malandro carioca. Elisa disse: *pensei que vocês não viessem mais, tem cerveja ainda, acho que o vinho já acabou*. *Não acabou não*, disse Bola, trazendo uma garrafa. Elisa nos apresentou aos recém-chegados. Sentamos os três no mesmo sofá. A certa altura da noite, Ana Clara disse que íamos fazer um sarau. Foi até o quarto e trouxe alguns livros de lá. *Cada um escolhe um poema e lê*. Eu peguei um exemplar de *Uma temporada no inferno*, do Rimbaud. Jéssica pegou uns poemas do Bertolt Brecht. Líamos em voz alta, todos um pouco bêbados. Da cozinha, vinha o cheiro de maconha. Bola fumava junto com Geraldo e os amigos dele. O tempo passou rápido e, quando vimos, já eram quase onze horas. Eu e Jéssica precisávamos ir para não perder o horário do ônibus. Nos despedimos e fomos caminhando pelo bairro Santana, falando da festa, até chegarmos na avenida João Pessoa. *O que foi aquele Geraldo querendo de qualquer jeito que você lesse um poema, a gente nem estava falando em poesia naquela hora. Eu acho ele tão desagradável.* Quando chegamos na parada e nos recostamos num ferro, Jéssica me olhou séria e disse: *sabe o que é que eu acho, Joaquim? O quê?*, perguntei. *Eu acho que essa Elisa é a fim de você*, disse com naturalidade. *A fim de mim?*, falei, surpreso. *Sim, vai me dizer que não percebeu? Eu vi o modo como ela olha pra você. Ela te olha com admiração.* Depois levantou o pescoço para ver se nosso ônibus vinha chegando. *Também, com um namorado idiota daqueles, fica fácil ela olhar para os lados*, riu. *Eu acho que você tá exagerando, ela só é gentil com todo mundo*, eu disse. Jéssica riu novamente. *Meu bem, pra cima de mim essa não cola, mas eu não me importo*, ela continuou. *Você é bonito, inteligente e gostoso, eu acho normal uma branquela se sentir atraída por você. Pra mim tudo bem, mas veja*, ela disse enquanto fazia sinal para o ônibus parar, *se você ficar com ela, eu corto teu pau fora e jogo para os cachorros da vila comerem, tá ligado?* E riu. Subimos no ônibus, que estava relativamente vazio. Sentamos juntos no fundo. *Mas olha*, ela continuou, *eu não me importo que ela esteja a fim de você porque eu me garanto, sabe. E outra, eu realmente acho que você não seria esse tipo de cara preto que quando faz um pouquinho de sucesso troca a mina preta por uma mina branca. Você não é desses, né, Joaquim?*, ela me perguntou olhando nos meus olhos. *Mas eu não estou fazendo sucesso nenhum*, eu disse, passando um braço sobre os ombros dela, *e, mesmo que eu ganhasse o Nobel, eu não faria uma coisa dessas, eu amo você.* Jéssica me olhou ainda com certa seriedade: *eu também amo você. Mas veja*, disse ela, tirando meu braço dos seus ombros, *eu estou te dizendo isso porque esse tipo de coisa, Joaquim, não tem a ver apenas com amor. Eu luto todos os dias pra não achar que sou feia, sabe? Eu sinceramente não acho a Elisa bonita. O jeito dela me deixa um pouco irritada, mas ela é branca e magra e tem dinheiro. Ela pode se dar ao luxo de ser feia e de se vestir mal.* Ouvi-a atentamente. Depois disse que ela podia ficar tranquila porque eu não estava a fim da Elisa. Jéssica sorriu como se acreditasse em mim e depois me beijou. Ficamos um pouco em silêncio, olhando pela janela. Então mudei de assunto e disse que ela parecia ter gostado da mãe da Elisa. Jéssica confirmou com a cabeça. *Ana Clara é muito diferente da filha. Ela tem um espírito livre, ela é impulsiva e delicada ao mesmo tempo. Tem um certo entendimento da vida que me atrai. Ela tem alguma coisa enigmática, carrega uma dor quando olha pras coisas. Eu sei que ela sofre. O sofrimento nunca mente. Mas não é sofrimento de coisas superficiais ou fúteis.* Quando descemos do ônibus, deixei Jéssica na casa dela. Não íamos dormir juntos naquela noite, apenas nos beijamos. Fui para casa. Entrei no quarto da minha avó para ver como ela estava. Ela dormia. Fechei a porta e fui para meu quarto. Ia tomar banho, mas desisti. Eu estava fedendo a álcool, cigarro e maconha. Mas era um cheiro que me agradava, além disso eu estava com preguiça. Apenas troquei de roupa e fui me deitar. E então, no escuro, comecei a pensar naquilo que Jéssica havia dito sobre Elisa. Fiquei lembrando das vezes que conversamos e passei a procurar alguma situação que revelasse a atração dela por mim. Lembrei da sua voz e do seu corpo. E de repente a possibilidade de transar com Elisa tomou uma dimensão erótica que eu ainda não havia imaginado. Pensei como seria o gemido dela. Como seria sua expressão de prazer. Imaginei como seria colocá-la de quatro e mandar que ela lesse um poema da Hilda Hilst, um poema qualquer, enquanto desse estocadas secas e firmes com as mãos apertando sua cintura. O gozo veio, mas logo depois me senti triste e melancólico. Já era tarde, mesmo assim custei a dormir.

7.

Dos amigos, eu fui o primeiro a saber. Certo dia, estávamos caminhando pela rua quando ele disse que precisava me contar uma coisa. *Fala aí, mano*, eu disse meio grosseiro, porque esse era o jeito como nos tratávamos na adolescência. Lauro titubeou por um instante, parecia querer a garantia de que não me perderia como amigo depois de dizer o que tinha para dizer, e advertiu que aquele segredo não podia sair dali. Eu perdi um pouco a paciência. *Que merda você fez? Matou alguém?* Lauro riu, ainda que estivesse tenso. Respondeu que o que tinha para dizer era complicado. *Tu roubou alguma coisa?* Dessa vez Lauro não sorriu. Admitir que era gay soava pior que ser um ladrão ou assassino? Esse último pensamento o fez recuar. Eu nem sequer ter pensado na sexualidade dele parecia dar àquela conversa uma dimensão maior do que ele esperava. *Acho que eu sou gay*, disse rápido, sem olhar para mim. Parei de andar como se não tivesse entendido e soltei um *como assim, cara?, de onde isso?, cê tá maluco?* Mas Lauro, agora olhando para mim, repetiu: *eu sou gay, cara*. Balancei a cabeça: *meu, não diz um negócio desses*. Lauro suava um pouco e continuou repetindo que era gay. Eu, na verdade, não sabia o que dizer, porque no nosso grupo ninguém nunca tinha se revelado daquela maneira. *Mas, cara, por que tu tá fazendo isso?*, foi o que eu disse, não para feri-lo, mas porque queria entender. Lauro não tinha o que dizer e respondeu apenas que ele era assim. Que não sabia explicar por que era gay. Insisti perguntando se não era apenas uma fase, dizendo que ele e a Taís formavam um casal bonito, que todo mundo gostava deles. Mas Lauro balançava a cabeça: *não é isso, cara, não é nada disso*. Desistimos de continuar o assunto. Caminhamos em silêncio. Depois, quando nos despedimos, eu disse que não deixaria de ser seu amigo por causa daquilo. Com o passar do tempo, me arrependi de ter recebido a confissão de Lauro daquela forma. A juventude não deveria servir de desculpa para a estupidez, pensei.

8.

No dia em que foi aceita no grupo de pesquisa, Jéssica gesticulava com entusiasmo enquanto falava sobre os artigos do professor-coordenador e citava os livros que ele tinha escrito. Dizia que aquela era uma grande chance para ela. Jéssica sempre soube construir um futuro em sua cabeça. Tínhamos saído para comer um xis salada e beber ali perto da sua casa. Lembro de nos olharmos apaixonados. Quando voltamos, fizemos amor. Dias depois, retornei às aulas. Na verdade, ao contrário de Jéssica, eu não nutria entusiasmo pelo curso que havia escolhido. Além disso, os efeitos do desemprego começavam a me afetar mais diretamente. Precisei pedir dinheiro a tia Julieta para comprar mais passagens de ônibus. A única coisa que me animava era a possibilidade de assistir à apresentação dos poemas e textos dos meus colegas. Vanessa, uma das bolsistas, pediu para iniciar a leitura. Seu poema falava sobre flores que matam, flores danosas, flores que não amam. Era uma clara alusão a *Flores do mal*, de Baudelaire. Me pareceu ruim. Ainda assim Moacir Malta elogiou e ressaltou seus aspectos formais. Depois evocou "A função social da poesia", do T. S. Eliot. Não tive coragem de dizer o que pensava. Em seguida, outro colega leu o seu poema, que falava sobre fazer poesia. Esse me pareceu um pouco melhor, tinha um vocabulário complexo, embora não fosse erudito. Mas eu não gostava de poemas que falavam sobre fazer poesia. Preferia poemas que não queriam ser poemas, que se tornavam poéticos justamente por não terem essa pretensão. Moacir teceu poucos comentários. Os demais textos também soaram fracos em relação à minha expectativa, o que por um lado foi bom, porque me senti menos cobrado.

9.

Uma ocasião, Sinval me disse que escrever um bom livro dependia do quanto a gente tinha sofrido na vida. Embora fosse jovem e não tivesse consciência disso, eu ainda não havia conhecido o rancor, não de maneira visceral. Mesmo assim, sabia que a tristeza me dava uma certa vantagem. Acontece que essa sensação também me causava algum desconforto, pois, quanto mais eu refletia sobre a escrita, mais avaliava se valia a pena, se seria esse o preço a pagar. Ganhar experiência através das humilhações, da violência, e de todas as outras situações degradantes só para ter o que contar depois? A literatura vale tanto assim? Por outro lado, que garantia eu tinha? Porque nada me dava a certeza de que o sofrimento me faria escrever melhor. Tudo que havia em mim era ingenuidade, que é onde tudo começa, pensei, porque você só decide escrever depois de acreditar que pode fazer algo importante com as palavras. Talvez a ingenuidade seja necessária até o fim da vida para quem escreve. Na adolescência, meus primeiros poemas foram desastrosos. Para me curar da frustração, comecei a escrever diários, que aos poucos foram se tornando um cemitério de palavras: quase nada do que eu anotava neles servia para alguma coisa em termos de ficção.

10.

Escrevi meu primeiro poema porque queria ser leitor. Um dia me deitei na cama e olhei para minha estante de livros. A maioria eu tinha comprado, alguns tinham sido roubados da escola, da biblioteca ou de livrarias. Outros foram dados pelo Sinval. Havia um livro verde de capa dura, antigo, com as pontas danificadas pelo tempo. Era sobre o valor nutricional das frutas. Ganhei da minha mãe quando tinha uns cinco anos. Embora ela não fosse uma grande leitora, acreditava nos livros e queria que eu também acreditasse. Minha mãe morreu quando completei doze anos. Ela teve uma grave doença no coração. Ainda hoje, sempre que sinto palpitações, lembro dela. Talvez tenha sido essa lembrança que me levou a pegar aquele livro. Eu ouvia os latidos dos cães lá fora, vizinhos falando alto, carros passando e motos barulhentas. Peguei meu caderno de notas e escrevi: *estante revisitada*. Era ali o início do meu poema? De onde vêm as palavras? De onde vêm os versos? De onde eles vêm? Talvez viessem de todos os lugares. De todas as partes do meu corpo. De todo o barulho ao redor. De todas as vozes que li. Do coração silencioso de minha mãe. Da sujeira e da degradação do mundo. Então percebi que o poema é arbitrário. Não nasce nem morre. Não tem lógica nem função. Trata-se apenas de fluxos. Descobrir a origem de um texto o mataria? Permaneci olhando para a capa verde daquele livro. Até os meus dez anos, eu nunca o havia lido. Eventualmente o abria numa página qualquer, mas acontece que o livro tinha outras funções na minha vida. Servia de brinquedo, objeto que eu jogava de lá para cá, nunca para leitura. Mas penso que, de certa maneira, o livro cumpriu seu papel comigo. Foi útil para as necessidades básicas que eu tinha. Então, uma vez, ainda na infância, quando me senti entediado, abri o livro. Lembro que me deitei no sofá e comecei a ler sobre maçãs, bananas e abacaxis. Aquela imagem de uma pessoa deitada no sofá lendo um livro me atraía. De algum modo, tornei-me leitor não por causa da leitura em si, mas porque eu gostava daquela imagem: alguém que lê. Era disso que eu lembrava quando comecei a escrever o poema para a disciplina na faculdade. Terminei-o quase às três da manhã. Eu não estava satisfeito, mas foi o que pude fazer. Julgava que o poema era ruim, ainda assim me senti animado, porque a literatura fazia com que eu me sentisse grande diante das coisas, e aos vinte e quatro anos eu precisava dessa grandeza para não sucumbir. Diante do texto eu me sentia íntegro e precário. Eu não tinha muita consciência do que aquele poema significava. Eu já não tinha mais tempo para escrever outro. Então decidi que seria aquele mesmo que eu levaria para a aula.

11.

A lista telefônica era, até então, o único meio que ele tinha de encontrar espaços gays em Porto Alegre. Procurou pela palavra "sauna". Pegou alguns endereços e escolheu um. Não disse nada a ninguém. Entrou no ônibus com o coração na boca. Levava uma mochila que não tinha quase nada dentro, mas se sentia mais seguro carregando alguma coisa. Já havia ensaiado ir outras vezes, mas agora era diferente, o desejo era imperativo. Precisava viver aquela experiência, ele pensou. Às vezes sentia-se um criminoso por não contar nada a Taís. Era como se estivesse premeditando um crime hediondo. Desceu quase em frente ao estabelecimento. Na entrada, alguns homens bebiam e fumavam. Não olhou para ninguém, tinha medo de qualquer contato visual. Ao entrar, teve vontade de voltar, e se perguntava o que estava fazendo ali. O lugar era decadente, um pouco escuro, havia apenas umas luzes fracas, mas era possível ver os azulejos rachados nas paredes e o chão gasto que deixava aparecer o cimento embaixo. Foi até o bar, sentou-se com os cotovelos no balcão, fingiu ler o cardápio. Depois, quando tomou coragem, levantou um pouco a cabeça e deu uma olhada ao redor. Viu alguns homens se beijando, outros que conversavam, não conseguiu identificar a música, mas era algo que remetia aos anos 1980. Começou a beber. Bebeu depressa. Foi quando sentiu um toque no ombro. Um toque leve, sutil. Lauro virou-se e viu aparecer na sua frente um rapaz pardo, de uns trinta anos. Vestia uma camiseta branca. Não era forte, mas dava para ver os braços definidos. Usava uma calça jeans apertada. O rapaz sorriu, disse um *oi, posso me sentar aqui?* Lauro respondeu que sim. O rapaz se mostrou simpático, olhou um pouco para Lauro, depois perguntou seu nome. Lauro mentiu que se chamava Rafael. O outro se apresentou como Matheus. Ficaram apenas um instante em silêncio, logo Lauro se apressou em dizer que era sua primeira vez ali. Matheus sorriu. *Aqui não é um dos melhores lugares pra vir pela primeira vez na sua idade, mas eu não sei o que você está procurando.* Depois olhou em torno e continuou: *a gente podia sentar no outro ambiente, onde tem uns sofás.* Lauro não sabia se aquela proposta já era um tipo de convite, mas a bebida já estava fazendo efeito e ele não pensou muito. Seguiu Matheus. Acharam um sofá e se sentaram próximos. *Você paga uma cerveja pra mim?*, perguntou Matheus. Lauro não tinha muito dinheiro, mas disse que pagava. Matheus se levantou e foi buscar a cerveja. Depois serviu os dois copos. Enquanto bebia, Lauro observou o lugar, agora nada mais o assustava. Sentiu-se mais à vontade. Conversaram sobre coisas amenas. Matheus estava desempregado e morava na Restinga, região mais afastada do centro de Porto Alegre. Tomaram outra cerveja, que Lauro também pagou. *Eu ainda não disse pra minha família que sou gay.* Matheus não ficou surpreso com a declaração de Lauro e acrescentou que família às vezes é um saco: *o meu pai, por exemplo, não fala mais comigo. A minha mãe aceita, mas não gosta de saber por onde eu ando,* ele disse. Com um movimento da cabeça, Lauro mostrou entender aquela situação, e achou que deveria dizer que nunca tinha transado com um homem. Matheus sorriu e disse que esse dia logo ia chegar. Depois deu sugestões de outros bares gays da cidade aonde Lauro poderia ir. Enquanto ouvia Matheus, Lauro observava a boca, o nariz, os olhos do novo amigo. Então, embalado pela bebida, se aproximou como se fosse beijá-lo. Mas Matheus recuou: *ei, cara, não. Não é assim. Eu sou michê, tá ligado? Você tem duzentos aí pra mim?* Lauro ficou surpreso, achou que se tratava de um flerte. Matheus percebeu seu espanto, mesmo assim continuou falando: *e eu não curto beijar os caras que me pagam. Eu gosto de dominar, sabe? Gosto de vê-los de bunda pra cima me implorando pra comer o rabo deles, e saber que ainda me pagam pra isso. Se forem casados, melhor ainda,* ele disse. *Você é casado? Tem namorada?* Lauro não respondeu, ficou incomodado, porque aqueles questionamentos o jogaram de volta para a culpa e ele teve de pensar em Taís novamente. Ao mesmo tempo sentiu-se rejeitado. A negação do beijo soou como uma certeza de que não deveria estar ali. Teve vontade de ir embora. Foi quando Matheus o convidou para irem em outra boate. *Vem, vamos sair dessa merda, vou te levar num lugar melhor. Lá tem que pagar, mas eu tô saindo com um dos seguranças, ele consegue umas pulseirinhas vips pra gente entrar de graça, só te liga no consumo, as bebidas são o triplo do valor.* Lauro aceitou, ainda que o incômodo permanecesse. Nunca em sua vida tinha ido tão longe, ele pensava. Saíram dali e caminharam algumas quadras. Lauro pensava que poderia estar se metendo numa fria, mesmo assim confiou em Matheus. Na verdade, não tinha a ver com confiança, mas se aproximava de um sentimento de apatia misturado com o desejo de se arriscar. A boate era realmente diferente da anterior. O ambiente era de festa. Mais iluminado e alegre. Matheus entrou primeiro, disse para Lauro esperar que já voltava com as pulseiras. Lauro pensou em fugir. Depois ficou observando as pessoas. Do outro lado da rua, viu prostitutas conversando com homens que paravam seus carros. Outros passavam e apenas buzinavam. Matheus voltou, como havia prometido. Trouxe as pulseiras. Foram revistados na entrada. A música estava alta. Tocava Madonna. Entraram no meio de uma apresentação de drags. Em outras mesas havia travestis seminuas. Lauro assustou-se. Nunca tinha visto nada parecido tão de perto. Assustou-se porque lembrou do seu pai. Lembrou-se da mãe. Lembrou-se de Taís. Olhava para todas aquelas figuras que a família tanto condenava e pensou que não queria ser daquele jeito. Não queria ser michê. Não queria ser drag. Não queria ter peitos de silicone. E se o pai o pegasse ali, e se alguém o visse naquele lugar? Resolveu ir embora. Não se despediu de Matheus. Caminhou até a parada de ônibus. Tremia. Foi naquela noite que decidiu que se casaria com Taís.

12.

No dia das apresentações, Moacir Malta não estava bem. Ele estava preocupado porque à tarde teria de fazer um exame. A biópsia de um pequeno caroço que aparecera na sua garganta. Cada vez que engolia, sentia que algo incomodava, e, depois de um raio X, foi informado por seu médico de que havia ali um corpo estranho e que era preciso examiná-lo melhor. Anos antes, Moacir já tinha feito uma biópsia por conta de uma mancha na pele. Era o início de um tumor maligno. O tratamento foi relativamente rápido e em poucos meses ele já havia se curado. Mas agora parecia ser diferente, pois ele estava mais velho, se aproximava dos setenta anos, e descobrir um tumor na garganta a essa altura da vida poderia significar o fim de tudo, ele pensava. Morrer é tão triste, dizia consigo, enquanto ouvia as apresentações. Moacir alternava entre estar presente e ter que pensar na possibilidade do fim, não necessariamente do seu próprio fim, mas do fim das coisas que gostava de fazer: comer, beber vinho, ler e dar aulas. Pensava com tristeza naquilo que teria de deixar de fazer se estivesse de fato doente. Tinha sessenta e oito anos. Até aquele caroço aparecer, sua vida era plena e com muita perspectiva de futuro. Mas o futuro agora o agredia. Pensar em sua própria inexistência era aterrador. Era injusto, porque Moacir tinha vontade de continuar a viver. Repetir cada semestre. Seguir eterno, como um professor e seus alunos calouros e veteranos. Queria para sempre aqueles olhares de admiração. O espanto e o medo ao redor dele. Perder tudo aquilo, tudo que ele havia construído até ali. Perder tudo porque simplesmente seu corpo cedeu ao tempo. Simplesmente porque um dia o corpo falha. E o tempo nos vence e somos jogados a uma não existência, assim como não existíamos antes de nascer. Tudo em vão, ele pensava. Daqui a um ou dois anos ninguém mais se lembrará de mim. Não deixei algo que pudesse me fazer permanecer mais tempo na memória das pessoas. Terminada a última apresentação, Moacir fez alguns comentários genéricos. Depois, foi até o departamento, olhou para os móveis velhos, para os quadros de seminários que ele tinha organizado. Chorou um pouco.

13.

Devo dizer que minha avó nunca desistiu de mim, mesmo com todos os problemas que ela carregava por ser quem ela era. Por não ser uma pessoa fácil de conviver. Com todos os problemas com a minha mãe. Com todos os seus problemas de saúde. Minha avó tinha todos os motivos para me mandar à merda. Tinha todos os motivos para me dizer: *pare com essa ideia de querer ser escritor e vá fazer algo mais útil.* Ela teria todos os motivos para dizer: *olha, guri, a gente se fodeu a vida toda. Meus avós se foderam. Meus pais se foderam. A sua mãe se fodeu. Uma geração inteira se fodeu. Por séculos os negros se foderam pra que você chegasse até aqui. E agora é isso que você vai fazer da sua vida? Um curso de letras? Um curso que não vai ajudar os negros a sair dessa merda toda? Não se tornará um advogado? Um médico? Um engenheiro? Até onde você vai com isso?* Mas eu sei que ela jamais me diria coisas como essas, embora eu precisasse, na época, que alguém mais lúcido tivesse tido uma conversa assim comigo. Toda vez que eu a olhava com mais atenção, pensava que ela teria toda a razão em me julgar. Mas, ao contrário, minha avó me tratava bem. Era amável, e por isso eu achava que não seria justo desistir dela. Eu precisava ir com ela até o fim. Depois me dei conta de que eu precisava saber mais sobre sua trajetória. Aproveitar seus lampejos de lucidez para que me contasse sua vida. Saber dela me ajudaria a me desculpar por todas as vezes que desejei que ela desaparecesse. Minha avó era mãe de santo, filha de Oxum com Xapanã, na umbanda. Arranjava briga com muita facilidade, fosse com quem fosse: vizinhos que se incomodavam com os batuques que ela fazia no terreiro, amigos que discordavam dela ou parentes que queriam obter algum tipo de benefício às suas custas. Minha avó morou grande parte da vida em Alvorada. Seu terreiro era pequeno, tinha poucos filhos de santo, mas era respeitada entre os babalorixás. Foi nesse tempo que também passei a frequentar o terreiro e a conversar com os santos. E lembro de certa vez perguntar a Exu para onde ele ia depois que saía do corpo de um dos meus tios. Exu me respondeu com uma gargalhada. O riso dele foi minha resposta. Também perguntei a minha avó de onde vinham os orixás que as pessoas incorporavam, onde eles ficavam antes disso. Ela também riu, e depois disse que há coisas que não devemos saber. Não era exatamente aquilo que eu queria ouvir, e, percebendo meu desapontamento, minha avó disse que os orixás não vêm de lugar nenhum, porque eles nunca vão embora, eles estão sempre aqui. Naquele momento, olhei ao redor e não vi nada, mas fiquei satisfeito com a resposta.

14.

Uma vida inteira dedicada à literatura. E nem era isso que Moacir queria fazer da vida. Ainda em Cruz Alta, interior do Rio Grande do Sul, ele, filho mais velho de agricultores, achava que iria seguir os passos do pai na lavoura. Tinha três irmãos. O pai sempre dizia que os filhos iam estudar. Que não iam gastar a vida deles sofrendo no campo. Aos dezoito anos, Moacir foi para Porto Alegre. Ficou morando num quarto e sala na Cidade Baixa. O vestibular, na época, consistia numa prova única, dissertativa, com perguntas de conhecimentos gerais. Ele passou em direito. Fez algumas disciplinas. Mas ainda não era o que sentia vontade de fazer. Em Cruz Alta, os pais estavam orgulhosos. Diziam de boca cheia que um dos filhos estava na universidade. Entretanto, no ano seguinte Moacir desistiu do curso de direito. Naquele mesmo ano, conheceu Vanessa, seu grande amor juvenil. Era uma estudante de arquitetura. Loira, gentil, educada e bonita. Se conheceram numa festa de veteranos e calouros. Em pouco tempo começaram a namorar. Ela era um pouco mais velha do que ele. Aquele namoro o ajudou a pensar em outra coisa para fazer de sua vida. Foi quando solicitou mudança para o curso de filosofia. Para os pais, tanto fazia o que o filho andava estudando na universidade. Mandavam-lhe o dinheiro para que pudesse se manter e pagar o aluguel. Só queriam que Moacir voltasse com um diploma, fosse qual fosse. Um dia, Moacir levou Vanessa para apresentá-la aos pais num almoço de família. Chegou orgulhoso com a namorada e a novidade da mudança de curso. Um dos tios de Moacir, o seu Otacílio, perguntou para que servia um curso de filosofia. Moacir quis simplificar para não parecer arrogante e disse: *filosofia serve para a gente pensar na vida e viver melhor*. Seu Otacílio coçou a cabeça e depois disse: *mas desde quando precisa de um curso pra gente pensar na vida? Eu penso todo dia, penso nas contas que chegam pra pagar, na lavoura que tenho pra cuidar, no preço da saca do arroz*, e riu da própria resposta. Moacir riu também. Mas depois, ainda sorrindo, perguntou ao tio se ele já tinha pensado na morte. A fisionomia do tio mudou, como se ele tivesse sido pego de surpresa, e sua resposta foi: *pra que é que eu vou pensar na morte se o que eu quero é viver?* Durante o dia, Moacir e a namorada passearam pelo sítio dos pais. À noite tiveram que dormir em quartos separados, porque a mãe de Moacir achou que seria falta de respeito os dois dormirem juntos se não eram casados. Ao voltarem para a capital, Moacir e Vanessa se engajaram no movimento estudantil. Ele não era tão ativo quanto a namorada. Mas percebeu que pegava bem ser militante. Aliás, ele estava sempre flertando com alguém, mesmo estando com ela. Foi num sarau de poesia, no prédio do curso de arquitetura, que Moacir conheceu Iohana. Uma estudante de letras, exuberante, não só na aparência, mas também no modo de se portar e de falar. Vanessa não tinha ido ao sarau porque estava com uma gripe forte, e Moacir mentira para ela dizendo que ficaria em casa estudando. Na verdade, muita gente era apaixonada por Iohana. Ela era desbocada e sabia de cor poemas de Rimbaud. Moacir também se apaixonou. Transaram naquela mesma noite, no banheiro do prédio da arquitetura. Não demorou para que Vanessa descobrisse a traição e viesse com um catálogo de mágoas e ressentimentos. A questão era que, com Iohana, Moacir descobrira outra paixão: a literatura. Viveram um período intenso de leituras, saraus, cigarros, bebidas, Bukowski,

Jack Kerouac, Faulkner, cigarros, sexo, vitrola, bebidas, Beatles, Beethoven, cigarros, sexo, leituras, saraus, Rubem Fonseca, Ferreira Gullar, Beckett, cigarros, sexo, saraus. E foi assim até o dia em que Moacir encontrou um livro na biblioteca central da faculdade: *As palavras,* de Jean-Paul Sartre. Era um livro sobre a infância do filósofo francês. Uma espécie de autobiografia de leitor. Um trecho específico o comoveu: *Eu achara a minha religião: nada me pareceu mais importante do que um livro. Na biblioteca, eu via um templo.* [...] *Comecei minha vida como hei de acabá-la, sem dúvida: no meio dos livros.* Fechou o livro, comovido. Finalmente encontrara seu destino. Queria a presença dos livros para sempre. E de novo mudou de curso. O que causou certa contrariedade na família, pois começaram a se preocupar com a estabilidade do filho, que em menos de dois anos já tinha desistido de dois cursos. Mas não havia jeito. Era o que ele queria: conviver com os livros até a morte. E foi com esse último pensamento que Moacir fechou a porta de seu gabinete. Ele detestava sentimentalismo, sentir pena de si, mas estava fragilizado com a ideia do fim. Ao sair da universidade, antes de entrar no carro, deu uma boa olhada no campus, onde por tantos anos tinha sido professor. Olhou para os alunos que circulavam. Alunos diferentes daqueles com os quais estava acostumado. E ele sinceramente queria mostrar-lhes o que havia de melhor na literatura. Queria apresentar a eles as maravilhas e as tristezas de *Dom Quixote,* as paixões de Shakespeare, o amor em *Grande sertão: veredas.* Moacir tinha consciência da importância de se discutir as questões sociais. Ele tinha uma formação social da literatura. Tinha o crítico Antonio Candido como mestre. Sempre fez uma leitura marxista da vida. E lançou novamente um olhar para os estudantes. *Sim, alguma coisa havia mudado,* ele disse consigo. *Alguma coisa está mudando,* repetiu.

15.

Minha avó desistiu do amor aos sessenta e cinco anos, depois de ter sido espancada pelo último companheiro que teve, Marcelo. Ele era vinte anos mais novo que ela e vivia às suas custas. Trabalhava como estivador no cais do porto. Não era um homem bonito. Tinha uma cicatriz na face esquerda, fruto de uma briga de bar. Era bruto e sem paciência com as coisas. Tinha três filhos, cada um com uma mulher diferente. Não era pai, porque, embora tivesse registrado os filhos, não convivia com eles. Ele e minha avó se conheceram quando ela estava com cinquenta e três anos e ele com trinta e dois, num bar, no centro de Porto Alegre. Minha avó estava acompanhada de Vilma, sua irmã de santo. A certa altura da noite, Marcelo se aproximou dela. Perguntou se poderia pagar uma cerveja. Minha avó gostou daquela atitude. Naquele contexto, um homem pagar bebidas assim, sem nem as conhecer, era certamente um indício de que se tratava de um bom homem, ela pensou. É um macho de futuro. E os dois dançaram, beberam e cantaram. Sob o som alto de samba, Marcelo perguntou se ela morava sozinha, e minha avó disse que sim, que fazia algum tempo que não tinha ninguém. Marcelo sorriu, tomou um gole de cerveja e disse: *que bom que você não tem ninguém*. Depois quis saber se a casa era dela. *Toda minha*, ela respondeu. *Ainda estou pagando o financiamento para o banco, mas a casa é minha*. Marcelo sorriu outra vez. Já no meio da madrugada, ele disse que queria ir para a casa da minha avó. Eles ainda não tinham se beijado. Minha avó disse que não era assim, não, de chamar um homem para se deitar com ela já na primeira noite. Marcelo riu novamente, dessa vez um sorriso malicioso. No fim da noite, minha avó pegou um ônibus e foi sozinha para casa, não sem antes os dois se abraçarem e Marcelo beijá-la com força e suor.

16.

Na saída da aula, Elisa me convidou para almoçar no restaurante universitário. No caminho, notei que ela estava triste. *Eu e o Geraldo brigamos*, ela disse. Olhei para ela e disse: *sinto muito*. Elisa agradeceu minha preocupação. Depois mudamos de assunto, porque ela não parecia disposta a me contar o motivo da briga. Estava mais interessada em falar do artigo que tinha começado a escrever. Eu a escutava com admiração. Enquanto ela falava, meus olhos involuntariamente deslizavam para sua boca, embora eu fizesse esforço para ela não perceber. Depois eu voltava e olhava para seus olhos demonstrando meu interesse. Naquele dia, Elisa me convidou para ir a sua casa após a última aula, eu disse que não podia porque não queria deixar minha avó sozinha por muito tempo. Ela disse: *que pena, queria te mostrar uns vinis do Lou Reed*. Eu não sabia quem era Lou Reed, mas para mim tanto fazia, porque o que eu queria mesmo era estar com ela. Pensei em ligar para o Lauro e pedir que ele ficasse um pouco com minha avó, mas depois lembrei que ele estava na faculdade. Pensei mais um pouco e achei que tia Julieta iria chegar logo, e não seria tão ruim assim deixar minha avó sozinha por duas ou três horas. Aceitei o convite, mas estava confuso porque eu ainda amava Jéssica, amava nosso jeito de estar juntos. No entanto, não podia negar que algo em nós havia mudado.

17.

Dias depois, Marcelo foi visitar minha avó. Ele observava a casa, os objetos, os móveis. Nada era requintado, era uma casa pobre e simples, mas para Marcelo, que não tinha onde cair morto, era o suficiente. Na noite em que se deitaram, Marcelo a beijou com afinco e vitalidade. O sexo foi relativamente rápido. Nunca minha avó gozou com ele. E certo dia, quando ela passou a mão na sua bunda, Marcelo se ofendeu e disse que aquilo não era coisa de homem. Que ele era macho. O fato é que semanas depois ele se mudou para a casa dela. Minha mãe na época morava em Porto Alegre e achou um absurdo *botar um homem dentro de casa, assim, sem conhecer direito*. E minha avó disse que ela não tinha nada a ver com aquilo, que ela pagava as próprias contas, que tinha o direito de fazer o que bem entendesse, que levaria o macho que quisesse para dentro de casa e que minha mãe fosse cuidar da vida dela.

18.

Quando chegamos na sua casa, Elisa perguntou se eu queria café. Respondi que sim. Fomos para a cozinha e, enquanto a ajudava, olhei o celular e vi uma mensagem de Jéssica perguntando se estava tudo bem. Não respondi. Não sabia o que responder, porque não queria mentir para ela. O café ficou pronto e fomos para a sala. Elisa pôs Lou Reed para tocar. Depois me perguntou o que eu gostava de ouvir. Eu disse que gostava de Racionais. Elisa disse que também gostava, mas que não tinha o CD. Em seguida me perguntou se eu curtia Beatles. Pensei um pouco, procurando lembrar de alguma música, mas nenhuma me veio à mente, então brinquei dizendo: *não sei se lembro se gosto dos Beatles*. Elisa achou engraçado e colocou "Lucy in the Sky with Diamonds". E novamente, enquanto ela fechava os olhos e cantava, eu olhei para o seu rosto, para o pescoço, e me senti cada vez mais atraído por ela. Porém, quando fui olhar a hora no celular, lembrei da mensagem pendente da Jéssica. Sentia que nada daquilo estava certo, e então digitei um *sim, está tudo bem*, e terminei com um *e você, está bem?* Depois botei o celular no bolso, esperando que Jéssica demorasse para me responder. Enquanto a música tocava, agora mais baixo, Elisa começou a falar de si e da difícil relação com a mãe e que precisava arranjar um lugar para morar. Porque elas discutiam muito, e Ana Clara não tinha limites. Elisa dizia que Ana não se importava de ainda ser sustentada pela mãe, de não ter uma carreira, um emprego comum, que ela parecia ter parado no tempo, não assumia nada e ainda punha a culpa na família. Perguntei se aquele apartamento era alugado. Ela disse que não, que o imóvel pertencia a um tio que morava em outra cidade. *Mas agora, com a bolsa de pesquisa, vou poder alugar um quarto numa casa de estudantes próxima ao campus.* Afirmou que já tinha visitado uma casa e havia gostado, ficava perto de Viamão. Um lugar meio rural. *Vai me fazer bem*, ela disse. Elisa me perguntou se eu pretendia tentar alguma bolsa de pesquisa, eu disse que não sabia porque recém havia entrado na universidade, e além disso eu precisava ganhar mais para ajudar minha avó. *Um dia você me apresenta ela, Joaquim? Você fala dela com tanto carinho.* Eu disse que sim e de certo modo aquele comentário dela me agradou. Sentia que Elisa tinha vontade de se aproximar de mim e da minha vida. No entanto, não tinha ideia se era como amiga ou outra coisa. Pensei em perguntar sobre ela e o Geraldo, queria saber mais sobre como eles estavam, mas preferi não dizer nada, pois não queria estragar aquele momento. A dúvida sobre o tipo de relação que estávamos construindo ali era mais segura para mim do que saber de fato a verdade. Logo depois, Ana Clara chegou e ficou feliz em me ver. Sentou-se conosco e perguntou se eu aceitava uma taça de vinho, eu recusei porque queria chegar sóbrio em casa, ainda precisava ajudar a dar banho na minha avó, eu disse. Ana Clara olhou para mim com certa ternura e disse que eu era um bom rapaz. Eu agradeci e depois chequei o celular de novo, não havia nenhuma mensagem de Jéssica. Mais uma vez senti que algo estava errado com a gente. Falei para Elisa que precisava ir, que já estava ficando tarde. Ela disse que me acompanharia até a parada de ônibus. Achei gentil ou talvez outro sinal de que ela queria estar ao meu lado por mais tempo. Me despedi de Ana Clara. *Nos vemos amanhã na faculdade*, ela disse. Ao chegar na parada, Elisa falou que estava se sentindo melhor, e foi então que ela perguntou por Jéssica. Eu disse que ela estava bem, mas que eu achava que nossa relação andava esquisita. Elisa disse que os namoros são assim mesmo, vão passando por fases. Tive a impressão de que Elisa ficou triste ao dizer isso. Pensei em falar alguma coisa, mas meu ônibus vinha chegando. Fiz sinal para ele parar. Nos abraçamos rapidamente e Elisa disse para eu mandar notícias. Durante o trajeto, mandei outra mensagem para Jéssica perguntando se ela já havia chegado. Ela não respondeu.

19.

Minha avó costumava atender as mulheres de classe média nas residências delas, porque muitas tinham vergonha de frequentar o terreiro em Alvorada. Ela sabia jogar búzios como ninguém e fazia isso pelo menos uma vez por semana, geralmente em Porto Alegre. Outra coisa que minha avó costumava fazer era cometer pequenos furtos no supermercado, e ela gostava disso. Me dizia que o que ela roubava não era nada perto do que os donos dos supermercados ganhavam. Roubava coisas que via nas casas das senhoras ricas que atendia. Seu procedimento era sempre o mesmo: ia de vestido ou saia comprida e dava algumas voltas pelos corredores. Primeiro colocava as coisas básicas no carrinho: arroz, feijão, óleo, macarrão. Depois chegava na parte dos queijos e laticínios, sua área preferida. Escolhia com muita consciência o que ia levar. Punha o produto escolhido no carrinho. Depois procurava um corredor menos movimentado. E dizia para eu ficar esperto e avisar se alguém se aproximasse. Então minha avó se agachava com certa dificuldade e num movimento ágil colocava o produto entre as pernas. Em seguida, ela se levantava, ajeitava o vestido ou a saia e dizia: *vamos, Joaquim*. Passávamos pelo caixa e saíamos. Voltávamos a pé para casa e eu ficava imaginando aquele queijo no meio das pernas suadas e ainda gordas da minha avó. Quando chegávamos, ela pegava o queijo, punha em cima da mesa, e eu ficava contemplando aquele produto meio mole, meio borrachudo. O fato é que minha avó sempre prestava atenção nas coisas que roubava nos supermercados, sobretudo quando voltava da casa da Nice, uma de suas clientes mais antigas. Nice era uma mulher loira por volta dos cinquenta anos. Tinha dois filhos que não moravam com ela. Residia numa cobertura no bairro Higienópolis, em Porto Alegre. Ela era uma pessoa triste, e isso era visível não só nos seus olhos, mas também na voz. Tinha um tom vocal lacônico e um olhar de quem está sempre lembrando de alguma coisa. Minha avó era paciente com pessoas ricas, brancas e sem destino na vida. Sentia pena delas. *Todas as pessoas sofrem, mesmo as que têm tudo*, ela dizia. Nice gostava de recebê-la com quitutes que encomendava numa padaria de produtos franceses, e havia um tipo de bolinho de que ela gostava especialmente. Minha avó era uma das pessoas que eu mais amava na vida. Por isso, sempre que podia, eu tentava agradá-la. Então, um dia antes de seu aniversário, resolvi preparar uma surpresa para ela. Minha avó me pediu para ir comprar pão no supermercado, eu fui. No entanto, eu queria dar a ela aqueles bolinhos de que ela tanto gostava. Quando cheguei no setor da padaria, pedi seis pãezinhos. Dei mais algumas voltas até pegar os bolinhos e, num movimento ágil, colocar a embalagem na cintura, debaixo da camiseta. Curvei o corpo para que o volume não aparecesse. Eram quatro bolinhos que vinham numa bandejinha de isopor e plástico. Fui para o caixa. Eu estava nervoso porque, embora minha avó fizesse aquilo com frequência, eu mesmo nunca tinha roubado nada na vida. Quando passei pelo caixa, tentei agir com naturalidade. Observei que na porta de saída não havia seguranças, o que me deixou menos tenso. Paguei pelo pão, recebi o troco e saí do supermercado com o coração na boca. Eu já respirava aliviado próximo ao estacionamento quando escutei um *ei, guri, espera*. Olhei para trás, era um dos seguranças da loja. Ele veio apressado na minha direção. Assim que chegou perto de mim, mandou que eu levantasse a camiseta. Hesitei um pouco porque fiquei paralisado com a sensação de ter sido pego. O medo repercute pelo corpo. Passa pelo coração. Percorre veias e músculos, até chegar às pernas, como uma onda elétrica, dormente e atroz. O segurança não esperou que eu obedecesse e ele mesmo levantou minha camiseta. Ele tinha certeza de que eu roubara alguma coisa. Com seu movimento, o pacote caiu. Por alguns segundos nós dois olhamos para aqueles bolinhos estatelados no chão do estacionamento. Em seguida, o segurança me pegou com força pelo braço e disse: *vem, neguinho*. Ao nos aproximarmos da entrada do supermercado, um segundo segurança apareceu. Era um homem negro não tão forte quanto o primeiro. Tinha uma expressão grave. Segurou-me pelo outro braço. Eu era magro demais e não oferecia nenhuma resistência. As pessoas no supermercado olhavam para aquela cena com indiferença, como se aquilo fosse comum. E talvez fosse, porque muita gente entrava ali para roubar. Fui levado para a sobreloja e, enquanto subíamos as escadas, um dos seguranças apertava com força meu braço e dizia: *tu gosta de roubar, seu ladrão-*

zinho de merda? Eu não conseguia dizer nada. Chegamos numa salinha, uma espécie de almoxarifado. Com caixas de papelão e arquivos. Lá, o gerente estava sentado diante de uma máquina de contabilidade. Era um homem branco, baixinho e gordo, com um bigode grosso e óculos de aro preto. Mandaram que eu sentasse numa cadeira. Puseram o pacote com os bolinhos em cima da mesa, na minha frente. O gerente me olhou com serenidade e perguntou quantos anos eu tinha. Continuei calado. Daí ele gritou: *responde, porra.* Tomei um susto. *Quinze*, eu disse, olhando para baixo. O homem ficou me encarando e avaliando o que ia fazer comigo, enquanto os dois seguranças estavam escorados na parede. *Você sabe que eu posso chamar a polícia e te mandar pra Febem, né?* Fiquei calado novamente. Então ele se levantou e chamou os seguranças para conversar fora da sala. Eu fiquei ali pensando na minha avó e no quanto ela ficaria desapontada por eu ter sido pego. No corredor, o gerente perguntou ao segurança branco se ele já tinha me visto pelo supermercado. Ele disse que sim, que me via sempre com uma velha preta. *O que a gente faz?*, perguntou Moreno, o segurança negro. Moreno era o seu apelido. *Vamos chamar os home?*, sugeriu o outro. O gerente coçou a cabeça, e disse: *melhor não. Não quero saber de polícia aqui. Podemos resolver isso. Vamos liberar o guri?*, perguntou o segurança branco. *Vamos*, disse o gerente, acendendo um cigarro. *Mas antes vamo botar uma lembrança nele. Essa gente só aprende assim.* Os seguranças balançaram a cabeça positivamente. Já sabiam o que tinham de fazer. Entretanto, antes de voltarem para a sala, o gerente alertou: *não quero escândalo e não deixem marcas.* Quando eles entraram, eu ainda estava com os olhos fixos no pacote dos bolinhos. Moreno perguntou se eu gostava de bolinhos. Eu disse que não, que eram para minha avó. O outro interveio dizendo que não adiantava meter família no meio porque ninguém ia me salvar, *seu ladrão filho da puta*. Moreno se aproximou de mim, disse para eu comer *a porra do bolo*. Fiz o que ele mandou. E, assim que comecei a mastigar, levei o primeiro tapa no rosto. Com o impacto, pedaços e farelos voaram da minha boca para a mesa. Sem que me recuperasse do primeiro, levei outro. Mas dessa vez fui arremessado ao chão. E logo veio uma sessão de chutes e socos. O segurança branco pisou na minha cabeça e disse que, se eu aparecesse ali de novo, o carinho ia ser pior. Depois colocou o joelho em meu pescoço dizendo que eu não era gente. Levei mais alguns tapas na cara. Eu não sangrei, porque eles sabiam como bater. Os seguranças saíram e me deixaram no chão. Depois o gerente entrou e disse para eu me sentar na cadeira. Levantei-me com dificuldade. *Tua avó tá aí, veio atrás de você. Você tem sorte, guri.* Em seguida ela entrou. Tinha uma urgência nos olhos, logo perguntou se eu estava bem e disse: *meu filho, o que você fez, vamos embora daqui.* Nesse momento o gerente fechou a porta. O segurança negro mandou minha avó sentar do meu lado. Ela sentou e depois me abraçou, enquanto o gerente nos observava. Minha avó queria se mostrar ofendida e disse que aquilo era um absurdo, tratar uma criança daquele jeito. Que *onde já se viu*, que ela ia chamar a polícia. Que era uma grande falta de respeito porque ela era uma senhora de setenta anos. O gerente se levantou, se aproximou de nós e mandou minha avó calar a boca. *Escuta aqui, sua macaca, eu sei que você e esse pivete entram aqui pra roubar. Por isso eu vou dizer só desta vez: se eu pegar vocês aqui de novo, a conversa vai ser outra, entenderam? Agora podem ir, mas não apareçam mais aqui.* A porta se abriu e eu e minha avó saímos. Descemos as escadas, alcançamos o corredor e logo estávamos perto dos caixas. Ninguém olhou para nós. As pessoas pagavam suas compras, empacotavam seus produtos. Havia uma normalidade que nos agredia ainda mais.

20.

No dia seguinte, acordei cedo para a aula. Olhei o celular e havia uma mensagem de Jéssica: *oi, quer me encontrar no campus hoje?* Li e tentei identificar o tom daquelas palavras. Pareciam, na minha percepção, até amigáveis. E pensei que, se Jéssica dissesse que não estava chateada comigo, que queria me contar coisas sobre seu grupo de pesquisa, sobre sentir minha falta, e dissesse que me amava, eu entraria num conflito, porque a presença de Elisa já tinha se instalado em mim. Jéssica era a minha estabilidade, meu fundamento e minha certeza, mas Elisa, agora, se apresentava como uma nova possibilidade de afeto. Algo que se formava à minha revelia, sem que eu pudesse de algum modo frear. Respondi que sim, que poderíamos almoçar no campus. No caminho fui ensaiando o que dizer e, depois, como dizer tudo que havia pensado. No ônibus, com a cabeça encostada no vidro da janela, lembrava de quando tinha conhecido Jéssica e de como nosso encontro havia sido raro. Mas, agora, as circunstâncias da vida mudavam nossos rumos.

21.

Anos depois passei na frente daquele supermercado e vi o segurança Moreno desanimado e aborrecido. Era o único daquele tempo que havia permanecido no emprego. Um dia contei para o Camelo e o Caminhão aquela história. Eles disseram que a gente podia ir lá no supermercado, esperar o segurança sair e dar um susto nele. Eu achei melhor não, mas o Camelo dizia: *filhos da puta como ele têm que tomar umas porradas na cabeça pra não achar que podem tudo, tá ligado?* Eu não estava convencido. *Meu, imagina fazer um negócio desses com a tua avó, cara?* Eu ponderei: *mas isso faz anos!* Ao que Camelo respondeu: *essas coisas não envelhecem, meu chapa*. Então planejamos pegar o Moreno quando ele estivesse saindo do trabalho. Primeiro, nos certificamos dos dias em que ele fechava a loja. A ideia era abordá-lo na esquina, embaixo de uma figueira, num local mal iluminado. Dar uma surra nele. O suficiente para que ele sentisse dor. *Não vamos exagerar*, eu disse. Camelo disse para eu cortar aquele papo. Que o cara era mesmo um filho da puta, então que teria de ser sem pena nenhuma. Na noite marcada, estávamos lá, os três. Eu tinha receio de que algo pudesse sair errado. Ficamos acompanhando de longe a movimentação final do supermercado. A certa altura, vimos Moreno fechando a porta de ferro e caminhando em direção à esquina onde aconteceria a emboscada. O combinado era acelerar o passo quando ele estivesse se aproximando da esquina. No entanto, quando eu o vi, com dificuldade para andar, quando vi o resultado do tempo em seu corpo, disse aos meus amigos para desistirmos. Que eu não queria mais. Que não valia a pena. Camelo ficou furioso comigo e disse que eu era um cagão. Caminhão não estava preocupado, para ele tanto fazia. Então, apenas ficamos vendo Moreno ir embora lentamente.

22.

Assisti com letargia à primeira aula, a segunda aula a mesma coisa. A hora do almoço chegou. Embora ainda não me sentisse preparado para ter uma conversa franca com Jéssica, eu sabia que não havia outra possibilidade. Quando entrei no bar, Jéssica já estava lá. Sentada, de cabeça baixa, lendo um livro. Usava óculos, o que a deixava mais interessante. Eu disse um *oi*, e ela levantou os olhos, mas não sorriu. *Tudo bem com você?*, perguntei.

Tudo, sim, ela respondeu. Ficamos um momento em silêncio. Uma certa formalidade se estabeleceu entre a gente. *Olha, desculpe por ontem,* eu disse, *demorei pra responder, mas é que acabei me ocupando demais.* Jéssica me olhou com complacência, não parecia irritada ou coisa parecida. Disse apenas: *tudo bem,* e levantou a mão para pedir um café. Depois olhou para mim e falou que precisava me dizer uma coisa. Aquela frase me surpreendeu, porque era eu que deveria ter dito aquilo. Jéssica esperou o café chegar. Em seguida, sem meias-palavras, ela começou: *Joaquim, a gente já está há um bom tempo juntos, sempre tivemos uma relação tranquila e sincera.* Enquanto ela falava, uma onda de angústia rondava meu corpo. Tinha a impressão de que ela me diria que já sabia tudo sobre Elisa, porque ela já estava desconfiada, mas que nunca esperava aquilo de mim. Então eu já me preparava para me defender, iria dizer que sim, que tinha ido à casa de Elisa, que tínhamos escutado uns discos, mas que fora só isso, não havia acontecido nada. E de fato não havia acontecido nada, eu pensava. Negar seria meu primeiro argumento, em seguida eu diria que ela estava certa, que Elisa estava mesmo dando em cima de mim, mas que não havia acontecido nada, eu repetiria. Jéssica, porém, interrompendo meus pensamentos, disse que queria terminar comigo. Fiquei em silêncio, porque fui pego de surpresa, não imaginava que ela pudesse ser tão direta. Jéssica continuou dizendo que eu era uma boa pessoa, mas que para ela a gente tinha se perdido. *Nos desencontramos, e as coisas são assim mesmo,* ela disse. Eu tentei interromper, mas ela prosseguiu: *deixa eu terminar, Joaquim.* O café que ela havia pedido já estava frio. Jéssica olhou para mim e disse que estava apaixonada por outra pessoa. Que não sabia exatamente como as coisas aconteceram, mas que foi algo forte e que tinha fugido ao seu controle, que fazia algum tempo que ela queria me dizer, mas não encontrava meios, porque não queria me magoar. Eu escutava atônito tudo aquilo, ainda sem saber o que dizer, tive forças apenas para uma frase que saiu quase que automática: *mas por quem você está apaixonada?* Jéssica já devia esperar por aquela pergunta. *Prefiro não dizer, Joaquim.* Ergui os olhos e falei um pouco exaltado: *por que não quer falar quem é?* Jéssica repetiu que não queria dizer, não naquele momento. Eu estava aturdido, desorientado e ofendido. Uma febre em ondas tomava meu corpo. *Então me responde quanto tempo faz que vocês estão saindo.* Jéssica estava diferente de como eu a tinha visto até então. *Não sei dizer*, ela falou. *Como, não sabe dizer? Você não sabe há quanto tempo está me traindo?* Ao ouvir aquilo, Jéssica respirou fundo. *Eu não te traí, eu só me apaixonei*, ela disse. Suspirei com ironia e disse com rancor: *eu tenho o direito de saber por quem você está apaixonada.* Jéssica baixou os olhos e disse: *João Carlos.* Olhei para ela como quem tentasse compreender aquilo. *O professor?*, perguntei. *Sim*, ela disse, *mas não quero que isso saia daqui.* Ela falou como se quisesse me tornar um cúmplice. *Mas ele é branco*, eu disse com espanto. *E o que isso tem a ver?*, ela retrucou. *Como, o que tem a ver, Jéssica?, e toda a nossa conversa sobre eu não te trocar por uma mulher branca. Sobre a importância de termos um amor negro-centrado.* Agora era Jéssica quem suspirava demonstrando impaciência: *você não entendeu nada do que eu disse, Joaquim. Absolutamente nada. Não se trata apenas da cor. Pra vocês, homens pretos, é muito mais fácil nos trocar por uma mulher branca. Mas, pra uma mulher preta, as coisas não funcionam assim, a gente tá sempre sendo rejeitada.* Nesse momento eu a interrompi dizendo que nunca a tinha rejeitado, que havia oferecido a ela tudo que eu tinha, que queria ter uma família com ela. Àquela altura, Elisa havia sumido completamente do meu horizonte, só Jéssica me importava. Meu orgulho estava ferido e não consegui aceitar aqueles argumentos. Ao mesmo tempo, eu não tinha raiva de Jéssica, tinha raiva da situação em que me encontrava. Talvez raiva de mim, que não consegui ver que nossa relação estava indo por água abaixo. Jéssica respirou fundo outra vez e disse: *olha, Joaquim, não pensa que foi fácil tomar essa decisão, mas acho que a nossa vida está indo por caminhos opostos*. Quando ela disse isso, não consegui segurar um rompante juvenil e disse que ela não passava de uma aluna interesseira, que eu não tinha nada a oferecer a ela, que eu não era um professor universitário, não era branco, não tinha dinheiro, que eu era um zé-ninguém que morava em Alvorada, mas que um dia eu me tornaria escritor, e iriam reconhecer minha escrita e meu talento. O ressentimento me dominou. Eu estava sendo ridículo com aquela história de virar escritor e me vingar. Jéssica parou de responder. Disse apenas que eu a conhecia o suficiente para saber que ela não era interesseira, e que eu não estava em condições de conversar, que ela precisava ir. Eu disse que não me importava. Quando ela se levantou, fui caminhar a esmo pelo campus ao mesmo tempo que era atacado por pensamentos sórdidos, imaginava como teria sido a aproximação dos dois, quando deram o primeiro beijo. Quando aquele professor tinha tirado a roupa de Jéssica? A possibilidade de Jéssica sentir prazer com outro homem me agredia profundamente. Eu sentia uma dor no peito. Fazia calor e um vento abafado, o que dificultava uma respiração plena. Sentei num banco na frente do Instituto de Letras. Eu não queria ir para casa. As imagens de Jéssica com o professor voltavam com mais força. E logo em seguida outro pensamento se apresentou: e se eles tivessem transado no gabinete dele? Um homem branco com uma mulher negra. A diferença de cor. A opressão colonial materializada, pensei com raiva. Como ela pôde fazer isso? O que falavam de mim? Aquelas novas imagens me deixaram tão perturbado que cheguei a cogitar ir até o Instituto de História para encontrar o professor e dizer a ele tudo que eu precisava. Estava tão absorto nas minhas maquinações, que nem percebi quando Saharienne apareceu na minha frente perguntando se eu estava bem. Não tinha me dado conta de que eu ainda estava chorando. Lembro de ter dito que estava triste porque Jéssica havia terminado o namoro comigo. Saharienne disse que sentia muito: *essas coisas são difíceis mesmo*. Em seguida, pediu desculpas, porque precisava ir para a aula, tinha de apresentar um seminário de literatura, mas que, se eu quisesse, poderíamos conversar depois. Eu agradeci. Ela se despediu dizendo: *fica bem, tá*, e pondo a mão no meu ombro. Aquele gesto, apesar de afetuoso, me deixou mais desolado. Levantei. Precisava ir para casa. No trajeto até a parada de ônibus, eu evitava olhar para as pessoas e torcia para não encontrar nenhum de meus colegas ou professores. Ter que justificar o choro me era mais cruel. Peguei o celular e mandei uma mensagem para Elisa dizendo que não estava bem, que eu e Jéssica havíamos terminado e se podíamos nos ver mais tarde. Entrei no ônibus para Alvorada e agradeci em pensamento por ter um lugar para sentar. Olhei o celular e Elisa ainda não tinha me respondido. Mandei uma mensagem para o Lauro dizendo que não estava bem e contando sobre meu término com Jéssica. Lauro me respondeu minutos depois, disse que estava no escritório onde estagiava, assim que fosse liberado me ligaria. Quando cheguei em casa, tia Julieta havia terminado de dar almoço a minha avó. Não disse nada a ela. Não queria prolongar mais o que eu sentia, não com ela e nem com minha avó. Tia Julieta me abraçou como sempre e depois me deu duas receitas de remédios. *Esses aqui não tem no posto. Vamos ter de comprar, meu filho.* Sei que passaríamos por apertos. Mas naquele momento não queria pensar no futuro, eu tinha esperança de que logo arranjaria um emprego, ou quem sabe um estágio, porque agora eu era aluno de uma universidade. Esse pensamento fez com que eu me sentisse um pouco melhor. O celular apitou, era uma mensagem de Elisa. Dizia que sentia muito pelo término com

Jéssica e que, sim, eu poderia ir até a casa dela mais tarde. As coisas, após aquela mensagem, já não pareciam tão ruins. Comecei a pensar que no fim das contas toda aquela situação tinha de acontecer para movimentar nossas vidas. Eu não acreditava em destino, achava que era uma coisa tola. No entanto, me confortava pensar que tudo aquilo fazia parte de um roteiro, bem arquitetado para que nossas vidas se tornassem outras, para que pudéssemos amadurecer, agora de outro modo, com outras pessoas. Esse sentimento me fez bem. Levantei para ver se minha avó precisava de alguma coisa. Depois, fui para o quarto, peguei meu caderno e comecei a escrever. Tentei dar continuidade a um conto. Durante a tarde fiquei deitado e, por mais que eu tentasse afastar a imagem de Jéssica, por mais que tentasse me livrar das lembranças do que vivemos, tudo parecia vivo e pulsante dentro de mim.

23.

À noite fui até a casa de Elisa. Ela estava sozinha. Me recebeu com uma luz baixa. "Love Is a Losing Game", da Amy Winehouse, tocava ao fundo. Ela me deu um longo abraço. Não dissemos nada. Depois ela me ofereceu uma cerveja. Eu aceitei, e me pus a falar. Elisa me ouvia e me dava razão em tudo. Eu me sentia acolhido por ela. Logo comecei a imaginar como aquela noite acabaria. Pensei qual seria o melhor momento para tocá-la e beijá-la. Quando Elisa se levantou para trocar de música, o celular dela, que estava na cozinha, recebeu uma mensagem. Ela foi buscá-lo. Aproveitei para levantar e pensei que, quando ela voltasse, eu pediria mais um abraço, e aquilo poderia ser o começo de algo. Ao voltar para a sala, Elisa ainda digitava no celular. Depois olhou para mim e disse que eles já estavam vindo.

Eles quem?, perguntei, surpreso. *Minha mãe e o Geraldo*, ela disse. *Achei que seria bom ter mais gente pra te apoiar nesse momento.* De repente, fui jogado num abismo. Não tive coragem para dizer que achava que aquele momento seria só nosso. Não esperava passar a noite com a mãe e o namorado de Elisa. Ficava claro que Elisa não tinha o menor interesse por mim, só queria minha amizade. Aquilo me pareceu atroz. Tentei esconder o desapontamento. Sorri e disse que sim, que seria bom conversar com mais pessoas naquele momento difícil. Elisa não percebeu minha decepção, ou achou que minha tristeza vinha apenas do fim do namoro. Peguei mais uma cerveja. Pensei que eu era mesmo péssimo em avaliar sinais de intenções afetivas, e tudo que poderia me salvar naquela noite era o álcool, eu precisava de alguma coisa que me suspendesse da realidade por algum tempo. Por isso me apressei em tomar um copo inteiro antes que as pessoas chegassem. Ana Clara foi a primeira a entrar, trazia uma garrafa de vinho branco. Me deu um abraço, mas não tocou no assunto, só disse: *que bom que você veio, Joaquim*. Em seguida chegou o Geraldo, vestindo uma camisa do Grêmio. Me cumprimentou com um aperto de mão e disse: *e daí, pronto pra essa vida de solteiro?*, e riu. Elisa, que vinha logo atrás, disse em tom de brincadeira para Geraldo calar a boca. Logo percebi que meu término com Jéssica já era sabido por todos e que estavam ali com pena de mim. Me servi de mais um copo de cerveja. Elisa aumentou o som. Geraldo se aproximou e disse: *que merda isso, né, terminar um lance desse jeito*. Eu respondi com um *pois é* e dei mais uns goles na cerveja. Aos poucos comecei a ficar mais solto, mais falante. Minha vontade de ir embora foi passando. Conversei com Ana Clara. Falamos mal dos professores. Depois, subitamente, Ana mudou de assunto e disse que gostava da Jéssica. Esperei um pouco. E disse: *eu também*. Rimos. Ana disse que sentia muito e me ofereceu um baseado. Eu não queria fumar, mas aceitei porque me pareceu um gesto de cumplicidade, como se eu compartilhasse minha dor com ela. Em seguida Elisa se aproximou e se sentou ao meu lado. Encheu meu copo mais uma vez e eu bebi mais um pouco. A maconha e o álcool começaram a fazer efeito. Lembro de num dado momento estar dançando no meio da sala com Ana Clara, enquanto Elisa e Geraldo riam no sofá. Dei mais um pega. Depois, não sei como, um copo de uísque veio parar na minha mão. Lembro de em algum momento perguntar as horas e de alguém me responder que já era tarde e de eu dizer que precisava ir pegar meu ônibus e de Ana dizer: *fica aí, fuma mais um*. E de eu fumar mais um. E depois ficar sonolento e apagar totalmente.

24.

Acordei com a luminosidade do sol batendo no meu rosto. Estava deitado no sofá. O apartamento todo em silêncio. Só se ouvia o barulho de um ou outro carro na rua. Levantei e fui ao banheiro. Antes, passei pelo quarto de Ana que ainda dormia. Não havia sinais de Elisa e Geraldo. Joguei uma água no rosto. Voltei para a sala com uma dor de cabeça terrível e vontade de ficar deitado. Peguei o celular. Eram onze horas. Tinha perdido todas as aulas daquela manhã. Também havia quatro ligações perdidas, três delas do telefone da Jéssica. Duas mensagens de texto. Uma do Lauro perguntando se eu queria conversar. Outra da Jéssica dizendo para eu dar notícias porque estava preocupada comigo. Ao ler aquelas mensagens, me senti melhor. Na verdade, ver as ligações perdidas de Jéssica me encheu de esperança de que talvez ela tivesse se arrependido. Enquanto eu me arrumava para sair, fui invadido por uma alegria, apesar da dor de cabeça e da náusea. Fui embora, Ana ainda dormia. Contei as moedas e peguei o ônibus. Fiquei devendo dez centavos para o cobrador. O ônibus estava praticamente vazio. No caminho fui respondendo as mensagens. Escrevi primeiro para Jéssica dizendo que estava chegando em casa. Ela respondeu segundos depois, perguntando se poderia me ver. Eu disse que sim, que só precisava de um banho antes. Depois liguei para o Lauro. Ele não atendeu. Ao chegar em casa, senti cheiro de comida. Tia Julieta, na cozinha, terminava o almoço. Perguntou se eu estava bem, respondi que sim. *Meu filho, cuida dessa saúde, sua avó precisa de você*, ela disse. Fui para o banho. Enquanto sentia a água cair sobre meu corpo, tentava pensar na noite anterior e também no que Jéssica queria me dizer. Quando saí do banheiro, veio outra mensagem dela perguntando se eu podia ir até sua casa às duas da tarde. Respondi que sim. Vesti a melhor roupa que eu tinha. Exagerei no desodorante. Enquanto me arrumava, recebi uma mensagem de Elisa perguntando se eu tinha chegado bem. Não respondi. Fui para a casa de Jéssica. Quando ela veio abrir o portão, estava mais bonita que de costume. Havia se arrumado para me receber. Entramos e ela me convidou para sentar. Estávamos um diante do outro e era um conforto estranho. Jéssica me perguntou aonde eu tinha ido na noite anterior, pois não havia respondido as ligações. Pensei em mentir e dizer que tinha passado a noite transando com Elisa, pois queria que Jéssica se magoasse também. Mas não consegui. Disse apenas a verdade, que tinha bebido e fumado com Elisa e a mãe dela e que estava de ressaca. Ela riu dizendo que eu não valia nada por gostar daquelas branquelas. Eu ri também. Depois eu disse que o Geraldo estava lá. Então começamos a falar mal dele. Em seguida, falamos da Ana Clara. E ela me mostrou umas fotos da Yasmin na creche nova. E de repente já estávamos bem à vontade, como se não tivesse acontecido nada, como se ainda fôssemos namorados, mas Jéssica ficou séria, baixou os olhos. Eu também fiquei sério e perguntei se ela estava bem. Ela respondeu que sim, e depois disse que estava triste com tudo, que não queria que as coisas tivessem chegado naquele ponto. E que a gente se gostava, mas que as coisas começaram a ficar diferentes. Eu a interrompi e disse que sentia falta dela, que para mim era difícil saber que não teríamos mais nada, que já não poderíamos partilhar nossas coisas, que não poderíamos mais conversar. Ela sorriu e disse que também gostava de mim, e então veio se sentar do meu lado e pôs a cabeça no meu ombro. E sentimos o cheiro um do outro, sorrimos e nos beijamos. Jéssica levantou e me puxou para o quarto e em instantes estávamos na cama, sem roupa, e veio toda a vontade do corpo um do outro, uma espécie de desejo frio mas ainda um desejo, como se quiséssemos regenerar a mutilação do nosso afeto. E, quando a penetrei, Jéssica soltou um gemido de prazer e arranhou minhas costas e eu percorri seu pescoço tentando em vão sequestrar aquele cheiro para mim. Aumentamos o ritmo. Numa mistura de um velho encontro de corpos com a intimidade que se esvai. Depois de tudo, ficamos abraçados e senti meu ombro molhado. Eram lágrimas. Eu também chorei um pouco. *A gente não pode mais fazer isso, Joaquim*, ela disse. Eu concordei com um gesto da cabeça. Continuamos com as pernas entrelaçadas. *Não vamos conseguir levar isso adiante, a gente precisa se separar pra ficar bem*, ela disse. Ainda com a cabeça em seu peito, escutei que o som ao fundo tocava baixinho "O que tinha de ser", com a Maria Bethânia.

25.

Quase um ano depois, eu já estava mais familiarizado com a universidade, e Elisa terminou com Geraldo, e logo ela e eu começamos a sair. Existe algo na natureza das relações afetivas que não se explica, digo, quando deixamos de ser apenas amigos e nos tornamos amantes de alguém? O fato é que estar com Elisa me fazia ver a universidade de outra perspectiva. Não me via mais como um intruso por ter entrado pelo sistema de cotas. Além disso, eu começava a me destacar nas aulas. O que me proporcionava um certo respeito da parte dos colegas. No entanto, eu ainda estava desempregado e a falta de dinheiro me agredia diariamente. Assim, enquanto tentava alguma vaga de estágio, passei a frequentar o centro acadêmico. O espaço, uma sala pequena no subsolo de um dos prédios, era conhecido como Toca. Exalava um cheiro de mofo e bebida. Num primeiro momento aquilo podia até incomodar, mas depois ninguém ligava. O lugar tinha um computador, um armário-arquivo, algumas cadeiras de plástico e uma mesa de sinuca. A Toca vendia café, era o mais barato da universidade. É verdade que era ruim, mas ninguém parecia muito interessado. O importante era ter a cafeína no sangue e ser contra a opressão dos donos dos bares universitários.

26.

Uma vez por mês a Toca organizava um sarau com poesia e às vezes alguém levava um violão e, conforme o horário avançava, surgia uma garrafa de vinho e uns cigarros de maconha. A maioria dos meus colegas eram brancos. Alguns vinham do interior do Rio Grande do Sul, outros eram da capital. Entretanto, todos ali tinham discursos progressistas: eram contra o racismo, contra a homofobia, contra o machismo, contra todas as formas de opressão. Questionavam o cânone literário e perguntavam: *quem foi que disse que Shakespeare é bom?* O Mauro, um rapaz branco, presidente do centro, era o mais indignado. Quando o sarau começava, geralmente alguém trazia poemas de autores conhecidos.

Depois, o sarau ficava aberto a quem quisesse dizer um poema de sua autoria. Então era possível ver uma movimentação de caderninhos e folhas, alguns faziam versos ali mesmo, na hora, e declamavam com paixão e sinceridade. Numa dessas reuniões, conheci a poeta Luana Dandara. Em dado momento, Luana se levantou de onde estava e deu um grito: *negra*. Depois de assustar quem estava ao redor, ela seguiu com o poema "Gritaram-me negra", de Victoria Santa Cruz:

Tinha sete anos apenas,
apenas sete anos.
Sete anos, nada!
Não chegava nem a cinco!
De repente umas vozes na rua
me gritaram: "Negra!"
"Negra! Negra! Negra! Negra! Negra! Negra! Negra!"
"Por acaso sou negra?" — pensei
SIM!
"E o que é ser negra?"
"Negra!"
E eu não sabia a triste verdade que aquilo escondia.
"Negra!"
E me senti "negra"
"Negra!"
Sim
"Negra!"
Sou
"Negra!"
Negra
"Negra!"
Negra sou!

Assim que terminou a leitura, Luana Dandara foi aplaudida efusivamente. Mauro dizia que aquela era a verdadeira poesia negra. Em seguida, foi a vez de Akin. Um poeta negro retinto. Tirou do bolso da calça um poema chamado "Vamos acabar com esses racistas hipócritas filhos da puta". Ao meu lado, estava Mayara, uma colega que também havia entrado na universidade pelo sistema de cotas raciais. Cursava letras com ênfase em literatura francesa. Ouvindo aqueles poemas, eu não sabia muito bem o que pensar. Elisa se arriscou a ler uma poesia sobre o útero como um lugar de exploração patriarcal. Depois do sarau fomos todos para um dos bares na frente na faculdade. Eu não queria ir porque nunca tinha dinheiro e já estava envergonhado de Elisa sempre ter que pagar as coisas para mim. As despesas com minha avó só aumentavam, e a aposentadoria dela já não cobria metade dos nossos gastos. Tia Julieta segurava as pontas aumentando o número de faxinas. Por vezes eu me sentia culpado por estar ali, enquanto minha tia se ferrava limpando casa de gente como os meus colegas.

27.

No bar, Mayara se sentou do meu lado e pediu uma cerveja. Perguntei se havia gostado do sarau. Bem quando ela ia responder, a cerveja chegou. Eu ia dizer que não ia beber, pois eu não queria gastar, mas era tarde, o copo na minha frente já estava cheio. Então virei para Elisa, que estava do meu outro lado, e perguntei baixinho se ela poderia pagar aquela cerveja para mim. Ela disse: *claro, meu pretinho*. E me deu um selinho, depois se virou para continuar a conversa com outros colegas. Voltei a conversar com a Mayara. Perguntei o que tinha achado dos textos apresentados. *Alguns poemas me incomodam*, ela disse após um gole de cerveja. *Acho importante o que a Luana e o Akin fazem, mas pra mim não serve.* Pedi que ela me explicasse melhor. *Eu acho que a poesia pode ser mais complexa que isso. Você não gostou do poema da Victoria Santa Cruz? Não acha que é um bom poema?*, perguntei. *Bem, nesse caso, o problema não é o texto, mas a performance da Luana. Tenho medo de que nos reduzam a um jeito de expressão poética somente pelo grito, pela manifestação, pela reivindicação, pelo protesto, como se não pudéssemos fazer literatura de outro jeito*, ela disse. Pensei um pouco antes de responder: *talvez a gente ainda tenha que continuar gritando pra sermos ouvidos.* Mayara sorriu e falou que já tinha lido essa frase em algum lugar. Depois me virei e passei a escutar o que Elisa falava. Estava reclamando dos alunos do curso de inglês em que dava aula, do quanto eles eram privilegiados e não se davam conta. Algo naquele discurso me incomodou. Ao ouvir a voz de Elisa, vendo aquele jeito dela de reclamar, me deu vontade de interferir, dizer algo, mas logo desisti. Terminei minha cerveja e perguntei a Elisa se não podíamos ir embora. Ela concordou. Nos despedimos de todos, Elisa pagou a conta e andamos até a parada de ônibus. Ao chegarmos em casa, demos graças a Deus que Ana Clara não estava, e tiramos a roupa na sala mesmo. Estávamos um pouco bêbados. Começamos na sala, depois fomos para o quarto, Elisa se deitou e, assim que deitei por cima dela, o ritmo havia diminuído. Então, quando olhei para ela, vi lágrimas no seu rosto. Me afastei e perguntei se estava tudo bem. Ela não respondeu e continuou calada. Fui acender a luz do abajur. Elisa agora chorava mais e me pediu que a abraçasse com força. Depois perguntei se eu tinha feito algo de errado. Ela me olhou com ternura e disse que não. Que não era nada. *É coisa minha*, ela disse, e fechou os olhos, me pedindo para ficar em silêncio com ela. Acordamos com o barulho do trânsito da avenida Protásio Alves. Já eram nove horas. No celular havia uma mensagem de texto de tia Julieta perguntando se eu voltaria cedo para casa, porque tinha uma faxina e precisava que eu desse o remédio para minha avó. Levantei rápido. Me vesti. Nesse meio-tempo, Elisa também acordou. Perguntei se ela estava bem e ela disse que sim, apenas com um pouco de dor de cabeça. *Deve ser minha menstruação que tá pra chegar, aí eu fico mais sensível,* ela disse, *me desculpa por ontem.* Dei um abraço nela. Quando peguei a carteira, lembrei que não tinha dinheiro suficiente para a passagem, pedi novamente dinheiro a Elisa. Ela disse que também não tinha, mas que poderia me emprestar o passe de estudante. Eu disse que não servia porque eu morava em outra cidade. Elisa disse: *é verdade, tinha me esquecido disso,* e que eu precisava fazer um novo passe de estudante. Nesse momento, Ana Clara chegou. *Fui à feira de orgânicos,* ela disse, *comprei uns abacates lindos,* e tirou os frutos da bolsa. Os abacates tinham uma aparência de passados, um pouco esmagados. *Não são lindos?,* perguntou. Elisa avaliou e disse: *mãe, isso aí tá estragado.* Ana Clara não achou graça e disse que a gente se acostumou com a aparência das frutas cheias de agrotóxicos. E começaram uma discussão sobre a indústria alimentícia. Então interrompi Ana dizendo que precisava pegar meu ônibus, mas que não tinha dinheiro para a passagem. Ana me olhou com pena, depois pegou sua bolsa e começou a contar os trocados. O barulho das moedas tornava aquilo ainda mais humilhante. Ana encheu minhas mãos de moedas. Agradeci. Dei um beijo em Elisa e desci as escadas do prédio. Mandei uma mensagem para minha tia dizendo que estava indo para casa. Já eram quase dez horas. Entrei no ônibus e pensei que definitivamente eu precisava de um emprego.

28.

Aquela foi a primeira vez que pensei em desistir de continuar meus estudos. Eu tinha coisas urgentes para pensar, como cuidar da minha avó, comprar os remédios dela, ter dinheiro para as passagens de ônibus, ter o que comer e comprar roupas. Quando cheguei em casa, minha avó estava na sala, em frente à TV. Sorriu ao me ver. E disse: *Marcelo, como você demorou*. Dei um beijo em sua testa e falei que meu nome era Joaquim. Minha avó me olhou com espanto, como se tivesse lembrado que eu era seu neto. Em seguida fui até a cozinha, tia Julieta mexia nas panelas. *Meu filho, você demorou*, ela disse. Me desculpei. Depois, ainda mexendo nas panelas, falou que tinha precisado chamar o Lauro para ajudar minha avó, porque não estava tendo força para levantá-la e trocar a fralda. *Aliás, o Lauro reclamou que você não tem falado mais com ele*. Ela disse também que eu precisava ajudar mais. *Eu sei que você também tem que estudar, meu filho, mas eu sozinha não estou mais conseguindo*. Pedi desculpas novamente e prometi que ficaria mais próximo. Quando o almoço ficou pronto, fui para a sala dar comida para minha avó.

29.

Elisa começou a frequentar minha casa, conheceu minha avó, tia Julieta, meus amigos mais próximos. Aos poucos, ela foi entrando na minha vida, e eu na dela. Sempre que ia lá em casa, ela era muito prestativa, me ajudava com minha avó, mesmo eu dizendo que não precisava, embora eu precisasse mas não quisesse dar trabalho. Tinha receio de que ela se enchesse daquela rotina. Tinha medo de que percebesse o quanto minha vida era difícil. Entretanto, Elisa parecia gostar daquilo, talvez o fizesse por achar que estava me agradando, ou quisesse parecer, para si mesma, uma pessoa melhor, ou simplesmente porque gostava de mim. Com o tempo, minha avó começou a apresentar um avanço no processo de demência, já tinha dificuldades para comer sozinha, lembrava pouco de mim, e passou a ter mais momentos de agressividade. Tínhamos sempre que esconder as chaves da casa, para que ela não sumisse com elas. Um dia ela voltou a me chamar de Marcelo e pegou no meu pau. Eu instintivamente disse: *que merda é essa, vó, eu já disse que não sou o Marcelo. Sou Joaquim, seu neto.* Naquele dia, ela não se lembrou de mim, mas senti que ficou triste pelo modo como falei com ela. Eu também fiquei, porque sabia que ela não tinha culpa, mas eu tinha sempre de fazer um exercício de bondade, porque minha vida também era fodida. Não como a dela, porque pelo menos eu ainda tinha a juventude a meu favor.

30.

Certa noite minha avó tentou ir ao banheiro porque não queria fazer as necessidades dela na fralda. *Eu ainda consigo sentar num vaso sozinha,* ela dizia. Eu e Elisa dormíamos na sala. Acordei com um barulho forte seguido de um grito. Levantei e escutei os gemidos da minha avó vindos do banheiro. Quando cheguei, ela estava no chão, e me olhou como uma criança que havia feito uma coisa errada e esperava ser repreendida. Eu disse apenas: *o que você fez, vó?* Havia um cheiro nauseabundo, olhei para o chão e vi merda por todo lado. Me agachei para tentar levantá-la, mas ela não queria que eu a ajudasse. Novamente me chamou de Marcelo e de filho da puta, repetiu que não precisava de mim para nada: *eu posso cagar sozinha!,* ela gritou. Mesmo assim, ignorei o que ela disse e peguei no seu braço e disse: *vem, vó.* Embora estivesse magra e aparentasse fragilidade, minha avó ainda tinha forças para resistir. Elisa apareceu assustada na porta, querendo saber o que tinha acontecido. Quando minha avó olhou para ela, perguntou: *quem é essa puta, Marcelo?* Tentou se desvencilhar de mim, escorregou e apoiou uma das mãos no chão, e seus dedos ficaram sujos de merda, e eu e Elisa tentávamos tirá-la dali enquanto ela nos xingava e tentava nos afastar nos sujando de merda. Após alguns minutos naquele impasse, minha avó cedeu, talvez porque tenha recobrado algum tipo de lucidez, talvez porque tenha se cansado. Sentei-a na cadeira de rodas. Elisa sentou-se num banco, na sala, atônita. Perguntei se ela estava bem. Disse que sim, mas seu olhar estava longe. Fui até o banheiro e fiz uma breve faxina. Ainda assim o cheiro de merda era forte. Depois, com minha avó mais calma, a convenci a tomar banho. No chuveiro, aproveitei e lavei meus braços e meu rosto. Sentei-a no banquinho. A água caía sobre sua cabeça e deslizava pelo corpo. Minha avó estava cansada e triste. Olhando aquela imagem, senti vontade de chorar. Mas me segurei. Quando saímos do banheiro, Elisa ainda estava na mesma posição, olhando para a frente, suja de merda. Quando fui para o quarto com minha avó, ouvi o barulho da porta do banheiro se fechando e da água do chuveiro caindo. Vesti minha avó, coloquei-a na cama e ela logo adormeceu. Fui para a sala esperar Elisa acabar o banho. Ela demorou, o que para mim foi bom, porque eu queria ficar um tempo sozinho. Pensei que aquele tipo de coisa poderia se tornar frequente e eu tinha de dar um jeito de poder auxiliar minha avó de outra maneira. Elisa saiu do banheiro e não parecia mais tão distante. Seu semblante já não estava tenso. Disse apenas que aquele banho foi providencial. Ela gostava muito de usar a palavra "providencial". Eu disse que era a minha vez. Dei um selinho nela e disse: *muito obrigado pela ajuda*. Elisa sorriu. Fui para o banho. A água quente me aprofundava e eu podia pensar na vida, na sorte que tinha em ter uma namorada como a Elisa, de estar na universidade, de estar estudando, de querer ter uma vida diferente da vida da minha avó, da minha mãe e do meu pai. Embaixo do chuveiro, eu tentava me convencer de que a vida era boa comigo. Apesar de todas as dificuldades, eu tinha razões para continuar. Quando saí do banheiro, Elisa ainda estava acordada, deitada no sofá. Deitei ao seu lado, e não dissemos nada.

31.

Elisa se mudou da casa da mãe numa segunda-feira. Foi para um bairro mais afastado do centro de Porto Alegre, mas que ficava próximo ao campus. Ela não levou muita coisa, algumas caixas de livros, quatro malas de roupas e alguns itens de cozinha que Ana Clara a deixou levar. Elisa ia dividir uma casa com a Paola, uma estudante de agronomia, mestiça, magra e de cabelos cacheados longos. Parecia tímida. Nos ajudou a receber a mudança. A casa tinha três quartos, com tamanhos diferentes. O quarto de Elisa era o menor e que tinha menos coisas: uma cama de solteiro, um roupeiro de madeira de duas portas, uma mesa pequena para estudos e uma cadeira. Acima da cama, duas prateleiras que poderiam servir para colocar os livros. A casa era de alvenaria, tinha um aspecto precário, no chão da sala as lajotas velhas e com rachaduras tornavam a casa fria. O banheiro era a pior parte. Havia manchas de mofo no teto e na parte superior da parede, o registro do chuveiro dava choque, e sempre tínhamos de usar uma toalha seca para manuseá-lo. Mesmo assim, Elisa estava feliz, era a primeira vez que iria morar sozinha, quer dizer, morar longe da família. Sentia-se mal de ter de pedir dinheiro à avó. Não queria ser como Ana Clara. Então escolheu um lugar que pudesse pagar. A casa fazia parte de uma espécie de república com outras cinco casas, num terreno relativamente grande. Ficava quase numa zona rural entre Porto Alegre e Viamão. A república era administrada por um peruano chamado Pablo mas que todo mundo se acostumou a chamar de Peruano. Foi por ele que Elisa descobriu que ao lado da república havia uma pequena comunidade quilombola, com dez casas, muitas delas de madeira. Elisa ficou animada com a informação. Tinha orgulho de si, por ter consciência social e racial e por saber que estava do lado certo, era o que costumava dizer. Depois da mudança, nos deitamos. Estávamos exaustos. Eu tive que mandar uma mensagem para tia Julieta dizendo que não iria dormir em casa aquela noite. Minha tia respondeu: *tudo bem, meu querido*. Tia Julieta era sempre afável comigo, mas eu sabia o quanto era custoso para ela cuidar sozinha da minha avó. Mas eu também queria estar com a minha namorada, pensei. Eu tinha esse direito. A cama de Elisa era muito apertada para dormirmos os dois juntos, então a Paola disse que havia um colchonete no terceiro quarto, que pegamos e pusemos ao lado da cama. Havia muita poeira, de modo que minha rinite começou a me incomodar, devo ter espirrado umas mil vezes antes de dormir. O silêncio da rua só era quebrado pelos latidos dos cães ao longe. O dia amanheceu e acordei com Elisa voltando do banheiro e vindo deitar comigo no chão. Virou-se de costas para mim, encaixando sua bunda no meu quadril. Perguntou se eu tinha dormido bem, eu disse que sim. Perguntei o mesmo, ela respondeu que desmaiou de tão cansada. Em seguida começou a fazer movimentos circulares com a bunda. Era o código de que queria transar. Quando eu a chupava, e tentava pôr em prática tudo que Jéssica havia me ensinado, não surtia efeito. Tinha a impressão de que Elisa achava até entediante. O erro dos homens, Jéssica me disse um dia, é tratar todas as bucetas como se fossem a mesma.

32.

No primeiro dia naquela casa, eu e Elisa fomos no supermercado perto dali. Elisa fez as contas de quanto podia gastar, pois ainda não havia recebido o salário. Eu também não tinha grana para ajudar. Eu tinha de dar um jeito de conseguir um trabalho e continuar indo para a universidade. Era um pensamento fixo que me atordoava dia e noite. Ao voltarmos, passamos na frente de uma casa quilombola. Uma mulher negra retinta estava sentada na soleira da porta, descascando uma laranja. Elisa deu bom-dia. A mulher apenas balançou a cabeça e voltou a prestar atenção na laranja. Elisa estava tão deslumbrada que não notou a aproximação de um cão que nos ameaçava rosnando. Eu disse: *cuidado aí, Elisa*. Era um cão negro, de grande porte. Um vira-lata bonito e destemido. Passou a latir para nós. A mulher, que se chamava Iarema, levantou contrariada e gritou: *Tufão, volta aqui, deixa as pessoas em paz, caralho*. O cão obedeceu e recuou para dentro da casa. Elisa agradeceu, e Iarema pareceu ter dito um *vá se foder* entre os dentes. Já na casa, eu disse: *que absurdo um cachorro daquele tamanho solto assim na rua*. Elisa me olhou e falou que eu estava sendo dramático. *Eles são quilombolas. Têm outro jeito de viver*. Talvez Elisa tivesse razão. Pouco depois, eu disse a Elisa que precisava ir para a faculdade. Mandei outra mensagem para minha tia dizendo que só conseguiria chegar em casa à noite. Dessa vez tia Julieta não me respondeu.

SINNERMAN

Pecador, para onde você vai correr?
Eu corro para a rocha: Por favor, me esconda.
A rocha exclamou: Não te esconderei, garoto.
Então, eu corro para o rio e ele estava sangrando.
Nina Simone

1.

Saharienne falava da professora Berenice com admiração. Como se tivesse encontrado alguém para uma interlocução intelectual genuína. Através da professora, ela teve acesso a uma série de escritoras, de pensadoras e intelectuais feministas. Em cada conversa, em cada encontro com Berenice, Saharienne se aprofundava. Nunca havia tido tanta vontade de pesquisar, ler e estudar. Que mulher extraordinária, que sorte a minha, ela pensava. Nas primeiras aulas, Saharienne ficava confusa com tantas referências. Depois vieram os cafezinhos, as conversas, as indicações de leitura. Passou a frequentar um grupo de estudos sobre crítica feminista. Tudo aquilo fez com que Saharienne expandisse seus horizontes como estudante. Era tudo muito novo, e ela queria o novo. Ela era a única cotista negra do grupo. A relação com Berenice foi forte e transcendia a cor de suas peles. Berenice havia nascido no interior do Rio Grande do Sul, fora criada em Uruguaiana, na fronteira com a Argentina, tendo recebido uma conservadora educação germânica. No início, achou que seria nadadora. Na juventude gostava de praticar esportes, chegou a participar de torneios e ganhou algumas medalhas. Aquele tempo foi importante porque para ela tudo era uma questão de ter fôlego na vida. Quando completou dezoito anos, seu pai, que era advogado, quis que a filha única fosse prestar vestibular para direito em Porto Alegre. Ela foi. Anos depois formou-se, mas jamais quis exercer a profissão. Tinha a impressão de que sua vida estava em outro lugar. E Berenice voltou para Uruguaiana. Foi quando passou a ter mais proximidade com livros de literatura latino-americana. Em meados da década de 1970, em plena ditadura, começou a ler autores como Jorge Luis Borges e Julio Cortázar, mas foi com Macedonio Fernández que ela decidiu o que queria fazer da vida. Ler o *Museu do Romance da Eterna* foi crucial para que pudesse pensar a literatura fora das convenções. Macedonio era caótico, inesperado, incompleto, e ao mesmo tempo era terno, erudito e lírico. A literatura tomava um contorno grave e necessário para ela. Decidiu voltar para a capital, e entrou para o curso de letras. Começou a participar do movimento estudantil. Teve amigos presos e torturados. Os pais não faziam muita ideia das coisas em que se metia. Berenice também se orgulhava do lugar de onde vinha: do interior, da fronteira. Mas não era orgulho apenas de sua origem. Era orgulho de se opor a tudo que aprendera. De se opor àquela cultura masculina da guerra, da figura do gaúcho, do discurso bélico. Sentia-se bem por pertencer àquele lugar e ao mesmo tempo ir contra ele.

2.

Com a mudança de Elisa, fui me acostumando com a culpa de dormir menos em casa com minha avó. Em dois meses eu já nem avisava tia Julieta. Eram duas idosas, e eu sabia que aquela situação tinha um prazo de validade. Além disso, depois daquele episódio com minha avó no banheiro, Elisa parou de ir em casa. Não falávamos sobre isso. Eu a compreendia, porque, se para mim era difícil estar presente ali, eu nada poderia exigir dela. Era um contexto triste, mas logo a alegria de estar com Elisa me fazia esquecer. Um dia ela me convidou para ir conhecer seus avós e seus tios. Eles moravam em São Leopoldo. Chegamos num domingo antes do almoço. A casa era espaçosa e lembrava um galpão do interior do estado. Parecia uma chácara. O quintal tinha árvores frutíferas. Uma nogueira muito grande. Com muitas nozes pelo chão. Os avós e os tios vieram me cumprimentar. Foram gentis, mas nenhum deles me olhou nos olhos. Disseram para eu ficar à vontade, e eu retribuí a gentileza dizendo que a casa era muito bonita. Ana Clara e Bola estavam lá também, o que me deixou um pouco mais tranquilo. Havia um cheiro de carne cozida misturado com o de vinho que saía de uma panela grande. Quem cozinhava era o seu Olegário. Usava um avental branco, todo manchado de uma cor avermelhada, e mexia a comida com uma grande colher de pau. Falava muito pouco. Só abria a boca para pedir alguma coisa à mulher. Um tempero ou algum utensílio. Elisa disse que ele sempre fazia aquela carne cozida com vinho tinto aos domingos. Uma tradição que ele mesmo inventou. Na verdade, ninguém mais na família aguentava comer aquela comida, mas não diziam nada. Comiam só para agradar o velho. Me aproximei da panela e disse que o cheiro estava bom. O velho ensaiou um sorriso. Era um tipo de agradecimento. Ficamos sem assunto, porque ele não olhava para mim e eu não tinha coragem de perguntar nada. Voltei para perto de Ana Clara e Bola. Falavam sobre música, sobre bandas e álbuns de que eu nunca tinha ouvido falar. Mas era bom escutá-los. Eu aprendia muito. Depois entraram numa discussão sobre funk. Bola defendia que do ponto de vista político o funk cumpria um papel importante na sociedade. Um dos tios de Elisa se aproximou e disse que para ele funk nem era música, era só um barulho que servia para mexer a bunda. Todos riram, eu não. Não porque aquilo era ofensivo, não ri porque não achei a menor graça mesmo. Ninguém quis saber minha opinião sobre o assunto. Eu também não estava disposto a defender meu ponto de vista. Deixei que falassem. A comida ficou pronta e a dona Aurélia veio nos chamar. Sentei-me ao lado de Elisa. Havia dez pessoas na mesa. Todas em silêncio. Dei a primeira garfada e elogiei a comida. Não era grande coisa, mas não estava ruim, pensei. Fui seguido por Elisa, Bola e Ana Clara nos elogios. Os outros só resmungaram dando a entender que também haviam gostado. Depois do almoço, o silêncio se seguiu. Ninguém dizia nada. Era um silêncio estranho e sufocante. Não havia abertura para conversas corriqueiras. Às vezes Elisa arriscava alguma coisa sobre o jardim: *olha, Joaquim, um beija-flor.* Ou: *como está quente hoje, né?* Eu tentava interagir, mas ninguém se engajava na conversa. Em determinado momento Elisa foi deitar numa rede. Eu fui caminhar pelo quintal, porque comecei a ficar entediado. Juntei uma noz do chão, tentei abrir, mas a casca estava muito dura. Peguei uma pedra relativamente grande e quebrei a noz com apenas um golpe. Separei os caquinhos, comi, e continuei explorando o espaço. Nos fundos, vi que havia uma espécie de casinha que lembrava uma garagem. Fui até lá. No trajeto havia florzinhas que lembravam as do campo. Abri a porta devagar. Eu esperava encontrar um grupo de pessoas pretas mantidas em cativeiro por aquele casal de velhinhos brancos e inocentes. Acendi a luz, havia um fusca azul, ou o que tinha restado dele. Havia ferramentas de jardinagem, ancinho, carrinho de mão, pá, enxada, tesoura de cortar grama. Um balcão rústico com outros utensílios. Na parede duas fotos antigas, numa delas, a que me chamou a atenção, estava Olegário fardado. Deveria ter ali uns trinta anos. Na foto, era o único que sorria. O lugar era relativamente grande e poderia ser usado como casa. Havia um banheiro que pelo jeito não era muito usado. Depois do meu tour pelo puxadinho, pensei em ir procurar Elisa para perguntar a que horas íamos embora. Mas, quando estava saindo, vi Olegário na frente da porta segurando um facão. Ele me olhou sério. Fingi tranquilidade. Ele me olhou nos olhos pela primeira vez. Depois, sem que eu me movesse, disse: *filho, guarda pra mim esse facão aí dentro. Pode pôr em cima do balcão.* Continuei fingindo naturalidade. Fiz o que ele pediu. Olegário me esperou sair. *De que ano é o fusca?*, perguntei, enquanto voltávamos para a casa. *É de 1981. Foi meu segundo carro. Guardo porque ainda quero reformar. Tu gosta de carros?*, ele perguntou. Respondi que sim. Menti para estabelecer algum tipo de conexão com o velho. De longe, Elisa e Ana Clara nos observavam. Nos aproximamos, e Elisa me abraçou. *Interagindo com o vô?*, ela perguntou sorrindo. *Um pouco*, eu disse. Depois fiquei pensando que gostaria de entrar na cabeça da dona Aurélia e poder descobrir como é viver ao lado de um homem como aquele. Devo dizer que tentar entrar na mente das pessoas e inferir seus pensamentos e atitudes era meu esporte preferido. Naquele dia queria descobrir como era viver ao lado de um velho militar aposentado, que faz um cozido de carne com vinho todo domingo, que não fala, que é machista e racista. Mas logo outro pensamento me levou a acreditar que dona Aurélia não deveria ser muito diferente dele. Para um casamento durar tanto tempo, era necessário que houvesse um mínimo de afinidade. A união de pessoas muito diferentes não dura, elas podem até viver uma paixão intensa e avassaladora, mas sua união não dura. O casamento é um contrato de cumplicidade. Você aceita entregar quase toda a sua intimidade para o outro. O que é uma merda porque, se o jogo vira e vocês decidem se separar, o outro saberá como te machucar. Na época eu não sabia nada disso, mas desconfiava que aqueles dois eram muito parecidos. A noite começava a cair, dona Aurélia passou um café e ofereceu bolo de milho. Foi a melhor parte da visita. Voltamos de carona com um dos tios de Elisa. Eu, Elisa e Ana Clara fomos no banco de trás, o Bola foi na frente. Seguimos todos em silêncio.

3.

No início dos anos 1980, o pai de Berenice sofreu um infarto e morreu. A mãe dela não aguentou e foi morar em Porto Alegre, para ficar próxima da filha. Foram meses difíceis de adaptação. A biblioteca da faculdade de letras passou a ser o lugar de Berenice no mundo. A militância fazia parte de sua vida, e logo ela se tornou também presidente do centro acadêmico. Começou a desenvolver uma habilidade para oratória. Foi numa passeata que conheceu Demétrio, um estudante de engenharia, com quem se casou e teve um filho. Com o movimento estudantil, Berenice percebeu que não havia como descolar dos movimentos feministas a luta contra a ditadura. Havia uma interseção entre a literatura e os movimentos pelos direitos das mulheres. Começou a ler Isabel Allende. Escreveu artigos, ensaios e se apresentou em simpósios. Mais adiante chegou nas escritoras portuguesas, Florbela Espanca, Maria Teresa Horta, Maria Velho da Costa, Teolinda Gersão, Sophia de Mello Breyner Andresen. Leu as espanholas Rosalía de Castro e Emilia Pardo Bazán e a argentina Silvina Ocampo. Leu Simone de Beauvoir, Rose Marie Muraro e Marina Colasanti, leu Clarice Lispector, Lygia Fagundes Telles e, à medida que se aprofundava nessas leituras, mais Berenice se certificava de que havia algo importante a pensar na relação das mulheres com a literatura. *Porque não é só militância, entende?*, ela dizia para Saharienne. *A gente estava pensando a li-*

teratura, pensando a ficção, produzindo ensaios sobre estética, criação de personagens, sobre as formas de narrar. Ao mesmo tempo falávamos de maternidade, filhos, família e da vida profissional. Quando ouvia aquelas histórias, Saharienne se comovia, porque, lá de onde ela vinha, essas questões não chegavam. E logo, apesar da diferença de idade, as duas se tornaram próximas. Tanto que os assuntos agora extrapolavam as questões acadêmicas. Berenice, com seus cinquenta e oito anos, falava da difícil relação que tinha com o filho, um marmanjo de trinta e dois que não se acertava na vida. Que depois da segunda separação não conseguia se relacionar com mais ninguém. E Saharienne comentava que também não conseguia namorar: *é muito difícil encontrar um cara legal.* E assim conversavam sobre a vida, sobre a dor e sobre a felicidade. A maternidade era o assunto de que mais falavam. Berenice tinha a capacidade ímpar de combinar discussão teórica e vivência pessoal. Falava, ao mesmo tempo, da sua experiência acadêmica e da experiência como mãe. Reforçava o quanto a maternidade era perigosa, o quanto o sentimento de culpa a acossava, que a terapia a tinha ajudado a compreender melhor sua maneira de ser diante do filho. *Porque a decisão de ser mãe é uma decisão grave. Mas ninguém nos alerta disso. Ninguém diz que a nossa vida mudará pra sempre. Deixamos de ser pessoas e automaticamente nos tornamos uma coisa chamada mãe. E então temos um sentimento ambíguo com esse papel, porque eu li as feministas, eu li os textos e teorias, li Simone de Beauvoir e concordo com ela em que a maternidade é um instrumento de dominação patriarcal, que delimita o espaço das mulheres e as encarcera no espaço doméstico, entende? Além disso, nosso útero é posto a serviço do capitalismo, porque, veja, a quem mais interessa que a gente possa parir filhos saudáveis?, filhos que "vençam na vida" e que sejam produtivos? Por isso há tanta gente querendo controlar nosso desejo de não ser mãe. A maternidade é uma grande armadilha,*

Saharienne. Mas, por outro lado, eu me comovo com meu filho. Às vezes penso que nunca tinha experimentado um amor assim. E não se trata de um amor incondicional, nem de um amor idealizado, mas de um amor singular. Porque eu me aprofundava enquanto ele crescia. Ao mesmo tempo sinto angústia em admitir que geramos um ser e que estaremos comprometidas com ele até o fim de nossas vidas. E, mesmo que eu tenha consciência de que esse modo de pensar é uma construção social, uma arapuca, ainda assim me comovo quando vejo meu filho fazendo coisas de um adulto. Eu olho pra ele e é como se eu estivesse dando certo, não como mãe, mas como pessoa. Saharienne tinha vontade de ler tudo que Berenice citava ou indicava. Não demorou muito para que ela passasse a fazer parte do seu grupo de pesquisa de crítica feminista. No semestre seguinte Saharienne se tornou monitora de Berenice. Ajudava a montar as aulas e com as questões burocráticas da disciplina. Também começou a frequentar a casa de Berenice. E a participar da rotina da professora. No início daquele semestre, Berenice abriu uma disciplina apenas de autoras e teóricas mulheres. A turma era relativamente grande, composta, em sua maioria, também de mulheres. Houve uma procura interessante por sua disciplina. Para aquelas aulas, Saharienne produziu todos os slides que seriam mostrados, leu todos os textos, e tinha inclusive dado sugestões de modos de abordagem dos assuntos. Aquilo deixou Berenice orgulhosa, sentia ter conseguido influenciar Saharienne. E no fundo é o que todo professor quer: ter o poder de influenciar um aluno a ponto de mudar os rumos da sua vida. Entretanto, com a convivência, com a proximidade, com a troca de ideias, outro sentimento confuso se instalou em Berenice. Um sentimento sutil e silencioso. Um certo medo e desconforto ao presenciar aquela fome de saber que Saharienne, jovem, bonita, cheia de futuro, carregava com tanto vigor. Era como se Berenice estivesse sendo injusta consigo mesma ao dar seu conhecimento, assim, de maneira tão aberta e fácil. Berenice olhava para Saharienne e dizia em pensamento: se você soubesse o que eu passei pra chegar aonde eu cheguei. Mas logo depois se condenava por pensar daquele modo. Era preciso passar o conhecimento adiante. Era justamente isso que fortalecia sua luta, ainda que não soubesse o que fazer com seu desconforto.

4.

Na primeira aula, Berenice se apresentou, contou um pouco de sua trajetória aos alunos. Muitos deles ainda do segundo semestre do curso de letras. Apresentou Saharienne como sua monitora. Depois contou algumas anedotas acadêmicas, o que deixou a aula mais descontraída. Em seguida, pediu a Saharienne que começasse a passar os slides com as referências bibliográficas. Falava com domínio e naturalidade sobre a temática de cada livro. Tinha a turma nas mãos. No entanto, assim que terminou a exposição de slides, Berenice viu, no fundo da sala, a mão de uma aluna se erguer. Luana Dandara indagou se a professora havia de fato acabado de citar as referências. Berenice disse que sim. Luana perguntou então se ela não tinha alguma outra bibliografia com autoras negras. Berenice esboçou um riso, porque a questão pareceu fora de contexto, descabida até. Então, com calma e certa de seu domínio sobre a turma, disse que aquele programa era fruto de muitos anos de pesquisa, de trabalho e de leitura, e que mexer nele não era uma coisa simples. Luana a interrompeu: *professora, tudo bem, eu já entendi, obrigada*. O tom da aluna soou por demais violento para ela. Em toda a sua carreira, era a primeira vez que alguém questionava sua bibliografia. *Veja, se tiver alguma sugestão, podemos colocar como leitura complementar*, respondeu. Luana balançou a cabeça positivamente e disse mais uma vez: *obrigada, professora*. Na hora do intervalo, Berenice preferiu ir para seu gabinete, no prédio em frente. Assim que se acomodou, Saharienne bateu na porta, trazia um copo de café para a professora. Berenice agradeceu. Tomou um gole. Depois olhou para Saharienne e perguntou o que ela havia achado daquilo. Saharienne não sabia muito bem o que dizer. *Acho que preciso pensar um pouco*. Antes de saírem, Berenice olhou para Saharienne e disse que ela era uma pessoa sensata e que tinha orgulho dela. Saharienne sorriu.

5.

Nos deixaram na casa de Elisa. Estava ameaçando chover. Elisa perguntou se eu iria passar a noite com ela. Eu disse que era o que eu queria, mas que fazia duas noites que não dormia em casa e tia Julieta já deveria estar puta da cara comigo. Mas acabei cedendo, porque entendi que Elisa estava precisando de mim. Pensei em comentar que havia achado a família dela um tanto esquisita. Mas não estava com ânimo para puxar uma conversa. Elisa estava cansada, adormeceu primeiro. Depois, recostado, pensei também que deveria estar com minha avó. Sei que o Lauro andava dando uma força, mas não era obrigação dele. Adormeci pensando nisso. No meio da noite escutei um barulho na cozinha. Parecia que alguém mexia nas panelas. Pensei que pudesse ser a Paola, a vizinha de quarto de Elisa. Me levantei e fui até a sala. Estava tudo escuro, só a luz do poste da rua iluminava um pouco. Vi que a porta da sala estava entreaberta. Me assustei, alguém tinha entrado ou saído pouco antes. Quando me dirigi até a porta para fechá-la, escutei uma voz feminina chamando meu nome, me virei e era Paola, usando chapéu-panamá e um vestido vermelho. Fumava um cigarro. Deu uma baforada e depois uma gargalhada. Acordei com um suspiro profundo. Elisa estava do meu lado. Me puxou para junto dela. O seu corpo macio e quente me acalmou. Logo em seguida, escutei o som dos tambores de terreiro na casa ao lado. Ouvia gritos e cantorias. Era uma gira.

6.

Saharienne seguiu na monitoria, mas não por muito tempo. Depois daquela aula, Berenice passou a evitá-la. O questionamento de Luana parecia ter despertado algo em Berenice, algo com que ela não sabia lidar. Deixou de tratar Saharienne como uma amiga. O que se percebia era uma certa indiferença. Na verdade, após aquele episódio, Berenice procurou se resguardar, não queria mais expor tudo que pensava. Ensaiou uma pesquisa para modificar sua bibliografia, mas desistiu. Depois fez e refez as contas para verificar quantos anos faltavam para se aposentar. Faltava pouco, ela pensou, talvez a luta não valesse a pena.

7.

Acordei às nove e fui fazer café. Abri o armário embaixo da pia e vi algo preto se mexendo. Um rato. Não quis acreditar. Que merda de lugar é esse em que a Elisa veio se meter, pensei. Então, o barulho que eu tinha ouvido na noite anterior havia sido daquele roedor filho da puta. Eu detesto ratos. Já tive alguns encontros com esses bichos na vida. Todos eles tão traumáticos que nem vale a pena ficar lembrando, porque estão encerrados na minha infância miserável, quando éramos obrigados a conviver com eles. Desisti de fazer café. Fui para os fundos da casa. Era um lugar bonito. Havia alguns arbustos e árvores. Umas florzinhas do campo amarelas. O ar estava fresco. Sentei num banco velho de madeira e pensei que deveria ir para casa ver como estava minha avó. A culpa não me deixava em paz, por mais que eu dissesse a mim mesmo que estava tudo bem. Minutos depois Elisa apareceu de pijama. *Tem um rato na cozinha*, falei. Elisa me disse: *bom dia pra você também*. Retribuí o bom-dia e demos um selinho. *Eu sei que tem um rato na cozinha, a Paola já tinha me avisado.* Eu olhei para ela e perguntei: *quando ela te avisou?* Elisa respondeu: *faz alguns dias.* Fiquei espantado com a naturalidade dela. *E vocês não fizeram nada a respeito, eu estou dormindo no chão, sabia?* Elisa me olhou e disse que ia comprar uma ratoeira naquele dia mesmo. *Ratoeira?*, perguntei. *Sim, é mais ecológico do que comprar veneno.* Não há nada mais antiecológico do que ter um rato na cozinha, falei. Elisa me olhou com desaprovação. *Olha, Joaquim, essa é a minha casa, onde eu moro. É um lugar simples. Minha mãe já esteve aqui e falou mal da minha casa. Meu pai já esteve aqui e reclamou da minha casa, mas ninguém veio aqui me dizer o quanto está orgulhoso de mim por eu ter apenas vinte e quatro anos e conseguir me virar sozinha, sem pedir nada pra ninguém, ninguém vem me dizer: "muito bem, Elisa, você está indo bem". Não, só o que fazem é vir aqui falar mal da minha casa.* Enquanto ela falava, fiquei pensando em tudo que já havia passado na vida, das vezes que fiquei sem lugar para morar, do meu pai sumido, da morte da minha mãe, da demência da minha avó, da minha falta de tempo para estudar, das vezes que apanhei da polícia nas abordagens, e que agora eu tinha que escutar uma garota como ela reclamando da vida. Ela claramente não sabia nada da vida, eu também não sabia muita coisa, mas já tinha me fodido o suficiente e com certeza ia continuar me fodendo, mas eu não queria jogar nada disso na cara dela, então respirei fundo e disse que eu não estava reclamando da casa, estava só dizendo que havia um rato na cozinha fazendo ninho nas panelas. Elisa respondeu que eu não tinha que me preocupar com aquilo, que ela ia dar um jeito. *Vamos manter a porta do quarto fechada pra ele não entrar lá.* Achei uma solução de merda, mas não disse nada, apenas concordei. Eu não estava a fim de brigar. Só queria tomar meu café e ficar quieto. Elisa ferveu água e jogou em cima de todas as panelas.

8.

Perto da uma hora o Peruano apareceu nos convidando para um almoço coletivo. Ele morava na parte mais baixa do terreno. Agradecemos e fomos, assim não precisaríamos mexer naquelas panelas sujas de rato, pensei. *Só levem o que forem beber, depois dividimos os custos da comida*, ele disse. O Peruano era uma pessoa muito comunicativa, estudava administração na universidade. Não era bonito, mas achava que era, estava sempre de cabelo lambido com gel e, quando falava, tinha ares de galã. De vez em quando ele aparecia com uma garota, e gostava de dizer que pegava todo mundo. No almoço estavam umas doze pessoas, entre elas uma amiga da Elisa, Albertina, e o namorado, o Márcio, sujeito branco e magro, meio desengonçado e cabeludo. Usava uma camiseta de banda de rock. Paola também viera e estava sentada na minha frente. Peruano trouxe uma panela grande com ajuda de outro morador da casa, o Vagner, um estudante de sociologia um pouco acima do peso e cheio de espinhas na cara. Peruano disse para a gente se servir. Era um carreteiro. O cheiro estava bom. Peruano cozinhava bem. Disse que já havia trabalhado em vários restaurantes. Realmente a comida era saborosa. Depois que todos se sentaram para comer, Peruano perguntou se a gente tinha escutado os tambores durante a noite. A maioria disse que sim. Albertina disse que só havia conseguido dormir às cinco da manhã. Elisa disse que não lembrava de ter escutado, mas que eu tinha acordado de madrugada. Eu disse que sim, que havia escutado. Mas que para mim era normal. *Eu cresci em terreiros de umbanda, não é uma coisa que me incomoda*, eu disse. *Não incomoda porque não é toda semana que você ouve*, disse o Peruano. *Além disso, às vezes eles batem tambores e a gente precisa acordar cedo, pra estudar, pra trabalhar*, ele falou, e depois deu uma garfada no carreteiro. Ninguém disse nada, mas pareciam concordar com o argumento. Ele continuou falando que já tinha tentado conversar com eles, com a dona Iara, que era a mais velha, mas que não tinha adiantado. *Eles continuam com os batuques até de madrugada. Eu soube que outros vizinhos também andam reclamando do barulho.* Deu outra garfada no carreteiro e continuou: *existe uma ação da prefeitura questionando se esse terreno faz mesmo parte de uma comunidade quilombola, vizinhos mais velhos disseram que o terreno foi invadido e que eles têm usado essa conversa de comunidade pra permanecerem ali.* Nesse momento Elisa parou de comer, limpou a boca e disse: *a gente devia ter vergonha de estar tendo uma conversa dessas, pois, como universitários, pesquisadores e detentores de conhecimento, a gente deveria estar do lado deles, e não contra eles. Pensem no que essa gente já deve ter passado na vida.* Peruano interrompeu: *nada justifica uma invasão, e ninguém está contra eles, a questão é que existe um problema de barulho que está nos incomodando toda semana*. Elisa começou a ficar vermelha. *Não é toda semana*, ela disse. *A gente deveria era se aproximar deles. A universidade faz parte da comunidade.* Vagner interrompeu Elisa: *há grupos de pesquisas que têm ido lá, mas parece que eles não são muito receptivos. Eu também não seria receptiva se fosse tratada como eles são tratados*, disse Elisa. O Peruano não levou em consideração e tornou a dizer que se as coisas continuassem daquele jeito, ele iria na prefeitura denunciar os vizinhos. Elisa largou o garfo e se levantou, disse ter perdido a fome. Saiu para o quintal. O dia estava ensolarado. Sentou-se num tronco. Eu fui atrás. Sentei ao lado dela. *O Peruano às vezes é tão ignorante. Eu gosto dele, mas às vezes ele me irrita,* ela disse, *pra que mexer com eles?, eu não me importo com os tambores deles.* Concordei com a Elisa. Senti orgulho de ouvi-la dizer tudo aquilo. Olhei a hora no celular. Disse a ela que nos veríamos na terça-feira, na aula de linguística aplicada. Dei um abraço nela e nos beijamos. Eu a amava. E creio que ela me amava também. Apesar de todos os problemas, Elisa gostava de mim, não sei se com a mesma intensidade. Mesmo assim era isso que me dava forças para voltar para casa e enfrentar minha própria vida.

9.

Quando cheguei, tia Julieta estava na sala vendo um programa de auditório na TV. Disse que minha avó estava bem. *Só resmungou um pouco pra comer,* ela disse. *O Lauro esteve aqui hoje pela manhã e me ajudou com ela. Mas eu não sei até onde eu consigo, meu filho, a tia já está velha também, estou perdendo as forças. Estou perdendo trabalho, porque não consigo atender minhas clientes da faxina.* Eu sempre dizia que iria dar um jeito. Tia Julieta por algum motivo acreditava em mim. Fui até o quarto e minha avó estava sentada na cadeira de rodas ouvindo a rádio Farroupilha. Ela perguntou se eu sabia o resultado da loteria da sorte. Eu disse que não. *Você não sabe nada, Joaquim,* ela disse. Fiquei feliz por ela não ter confundido meu nome. Dei um beijo em sua testa e perguntei se ela estava bem. *É claro que estou, não estou mijada.* Eu ri. Depois ela me perguntou onde eu tinha ido. Eu disse que tinha ido na casa da minha namorada. *A Jéssica?,* ela perguntou. *Não, vó. Essa não é mais minha namorada.*

115

Estou com a Elisa agora, lembra? Não lembro, Joaquim. Tudo bem, vó, eu disse. Fui para a sala, me sentei ao lado da tia Julieta e ficamos os dois vendo o programa de auditório. Eu sentia angústia nesses momentos. Eu tinha a sensação de perda de tempo, mas sei que a tia gostava da minha presença, então eu ficava com ela e fazia comentários, e ela também comentava as atrações do programa de calouros. Depois eu ficava olhando para minha tia e sentia um pouco de pena, porque eu sabia que a vida para ela estava chegando ao fim. Uma existência inteira, e ela vai terminar seus dias trocando fralda da irmã e vendo programas de auditórios aos sábados. Pensei na minha própria vida. No meu próprio fim. E por impulso olhei para minha tia e perguntei se ela já tinha sido feliz na vida. Minha tia me olhou com espanto. Depois de olhar para a TV, ela disse: *eu tive uma vida boa. Deus dá o que a gente merece*. Embora eu soubesse que ela havia tido uma vida difícil, achei a resposta sincera e tocante. Seguimos vendo TV. Depois fui para a cozinha ler um pouco. Eu tinha que terminar a *Odisseia*, de Homero.

10.

Ulisses era um personagem muito distante do que eu entendia como literatura naquele momento. Sei que Sinval se esforçou. Eu sempre lembrava dele me dizendo: *a gente tem que sempre voltar aos clássicos porque eles sempre têm alguma coisa pra dizer*. Tentei ler mais um pouco da *Odisseia*. Eu gostava de me preparar para os debates na sala de aula, mas não estava conseguindo ir adiante. Fui encontrar com Juca e Caminhão no bar do Neto. Eu não poderia demorar, tinha de voltar ao livro. Quando cheguei, eles estavam jogando sinuca. Disseram que, como cheguei depois, eu deveria pagar a rodada seguinte. O verdadeiro nome do

Caminhão era Maxwel, ele tinha esse apelido porque o pai dele era caminhoneiro, mas nunca o assumiu como filho. Um dia ele, todo emocionado, contou para a gente que, quando ele era criança, ficava na rua olhando os caminhões e imaginando que um daqueles motoristas poderia ser seu pai. Por isso a gente começou a chamá-lo de Caminhão. Eles tentaram me dar o apelido de Cabeção porque eu estava sempre lendo alguma coisa, mas não pegou. O segredo para um apelido não pegar é você não se importar com ele, ou não demonstrar que ficou incomodado. O Juca, por sua vez, se chamava André, a gente o chamava de Juca porque, quando era mais novo, ele era ingênuo e meio bocó, qualquer um podia passar a perna nele, e "Juca", segundo nosso código, era uma pessoa tapada, sem maldade, que cai em qualquer conversa. Mas isso mudou, porque agora o Juca virou um cara esperto. E ainda tinha o Camelo, que se chamava Leandro, e a gente botou esse apelido nele porque ele tinha um problema na coluna, uma saliência nas costas que lembrava a de um camelo. Em seguida chegou a Camila, que era mais próxima da Jéssica mas costumava jogar sinuca com a gente. Todo mundo ali da vila São Pedro andava desempregado ou fazendo bico. Eu, Lauro e Jéssica éramos os únicos que estávamos na faculdade. Jogamos duas partidas de sinuca. O Juca disse que estava pegando a Vanessinha, a garota que todo mundo ali tinha pegado. Daí eu disse que precisava voltar para terminar um livro, que eu tinha aula no dia seguinte. O Juca disse para eu jogar a saideira. Eu disse que não dava. O Caminhão insistiu. Jogamos mais uma partida. Juca perguntou que livro era aquele que eu tinha de terminar. A Odisseia, eu disse. *Nunca ouvi falar*, ele comentou depois de uma tacada. *É um livro sobre um cara que vai lutar numa guerra. Ele deixa a mulher e o filho. Fica dez anos lutando. Depois demora dezessete anos pra voltar pra casa.* Juca ficou me olhando meio espantado. *Porra, mas por que o cara demorou tanto pra voltar?* Eu disse que o Ulisses passou por alguns problemas no caminho de volta. *Ele ficou preso?*, perguntou Caminhão. *De certo modo sim, ele foi enfeitiçado por uma bruxa.* Juca deu outra tacada: *meu, que história de merda, hein?* Eu não disse nada, apenas dei outra tacada. Juca deu um gole de cerveja: *depois que ele volta, o que acontece?* Dei outra tacada e encaçapei uma. *Eu ainda não li tudo, mas eu sei que ele mata os pretendentes da Penélope, a mulher dele*, eu disse. *Ela ficou esse tempo todo esperando pelo cara?*, perguntou Camila. *Ah, se fosse comigo, eu tinha era metido um monte de chifres nele. Na verdade*, eu disse, *o filho dele, o Telêmaco, quando vira adulto, vai atrás do pai.* Nesse momento, Juca olhou para o Caminhão: *olha aí, meu, tu pode fazer a mesma coisa, ir atrás do teu pai, tu já é adulto, haha.* Caminhão soltou um *vai se foder* e tomou outro gole de cerveja. Perdi a partida de novo. Olhei para a Camila e disse: *tem outro livro, chamado* Ulysses, *que recriou a* Odisseia, *e meio que fez isso que você pensou. Não entendi*, disse a Camila. Eu coloquei o taco de volta na parede e continuei: *então, nessa reescritura, a Penélope trai o Ulysses. Aí, sim, gostei dessa Penélope!*, exclamou a Camila. *É um livro muito difícil de ler e tem quase mil páginas*, eu disse. *E tu leu tudo?*, ela quis saber. Eu disse que não, mas que na faculdade tinha mentido que tinha lido. Camila me olhou meio sem entender. *E por que você mentiu?* Pensei um pouco e disse que era um jeito de me defender. Camila fingiu que entendeu, depois virou para a mesa de sinuca e disse que era a vez dela.

11.

Voltei para casa. E, por algum motivo, ter falado da *Odisseia* me deu um novo ânimo para ler. No dia seguinte, fui para a aula sem ter muito que dizer do livro. A discussão girou em torno da tal cicatriz de Ulisses, do regresso dele, do significado da trajetória do herói grego. Senti fome mais cedo. Saí antes do meio-dia. Mandei uma mensagem para Elisa dizendo que estava indo para o restaurante universitário. Ela não respondeu. Fui almoçar sozinho. Depois fui à biblioteca pegar uns livros. Eu gostava de ficar ali. Vasculhava as lombadas. A possibilidade de encontrar um livro que me assombrasse era o que me movia. Parei na estante de literatura portuguesa. Puxei um livro do escritor Vergílio Ferreira chamado *Aparição*. Fui para a sala de leitura. Foi quando chegou a mensagem da Elisa dizendo que estava na aula, por isso não tinha respondido. Eu disse que estava na biblioteca. Voltei para o livro. Vergílio era um autor com escrita elegante e filosófica. Fiquei curioso pela história daquele professor que fazia reflexões poéticas e existenciais sobre si. Nesse meio-tempo, Elisa respondeu que estava indo para casa. Eu disse que mais tarde iria vê-la. Li mais um pouco e fui para o café da letras. Encontrei o Gladstone numa das mesas. Pedi um café e fui sentar com ele. Ele olhou para o livro. Disse que já tinha lido. Gladstone era fascinado pelo existencialismo. Começamos a filosofar sobre vida, morte e responsabilidade. Ele me explicou ainda sobre a diferença entre o existencialismo de Sartre e o de Heidegger. Fiz um esforço para entender, mas ainda estava confuso para mim. Era bom conversar com o Gladstone. Eu me sentia profundo e inteligente.

12.

Passei a frequentar aulas sobre conto contemporâneo. Precisávamos ler histórias do Borges, Cortázar e Rubem Fonseca. Eu gostava dessas aulas porque a professora dizia coisas importantes sobre como se escreve um conto, dava exemplos, o que para mim era muito útil. Nesses momentos eu pensava na história que tinha escrito. Pensava no meu conto. Eu já o havia inscrito no prêmio da universidade. Era um prêmio em dinheiro, mil reais para o primeiro lugar, além da publicação numa antologia com os vencedores. Tinha esperanças de que poderia vencer. O título do conto era "A casa vazia". Eu acreditava que minha história sobre uma família negra presa por vontade própria numa casa porque tinha medo de sair poderia chamar a atenção dos jurados. Mesmo com a recomendação de Sinval para que eu desistisse de escrever aquela história, ela me empolgava. Atravessei o campus. Estava indo para a casa de Elisa. Eu gostava dessa caminhada. O trajeto era arborizado e eu me sentia próximo da natureza. A natureza me sensibilizava e eu podia esquecer um pouco dos meus problemas. Quando cheguei, Elisa estava na cozinha conversando com a Paola. Falavam de coisas da casa. *A ratoeira funcionou*, ela disse. E sorriu. *Pedi para o Vagner tirar o rato porque fiquei com nojo.* Elisa também tinha adotado um cão. Deu a ele o nome de Paçoca. Era um filhote serelepe e barrigudo. Brincava de morder e corria meio desengonçado. Elisa não gostava de cães, mas por algum motivo se afeiçoou ao Paçoca. Eu também gostei dele. Embora eu achasse que ter um gato seria muito mais útil, pelo menos para espantar os ratos que apareciam por lá. Elisa gastou uma grana para tratar o Paçoca: levou no veterinário, deu as vacinas, comprou ração e uma caminha para ele dormir. Elisa não tinha máquina de lavar. Não queria pedir dinheiro à avó. Lavava tudo no tanque, depois estendia no quintal. Num desses dias, enquanto torcia as roupas, viu quando Tufão, o cachorro da vizinha, entrou no quintal através de uma falha da cerca. Tufão rosnou e tentou atacar o Paçoca. Elisa tentou espantar o cão, mas ele não recuava. Ela gritava: *sai daqui, sai daqui*. O medo de que Tufão atacasse o filhote fez Elisa pegar um pedaço de madeira e enfrentar o cachorro. Logo em seguida, ouviu alguém gritando do outro lado: *Tufão, volta aqui.* O cão atendeu, voltou para o outro lado da cerca. Elisa pegou Paçoca no colo. Levou para dentro de casa. Fechou a porta. Depois, resolveu ir falar com a vizinha. Saiu pelo portão da frente. Caminhou alguns metros. Bateu palmas. Esperou. Do fundo ouviu os latidos de Tufão e de outros cães. Apareceu um senhor, bastante idoso, negro retinto, cabelos e barba branquinhos, a quem Elisa ainda não tinha visto. Era conhecido como seu Pastinha. *Pois não, moça,* ele disse com certa dificuldade. *Senhor, tudo bem? Eu vim falar sobre o seu cachorro, ele entrou no meu pátio e tentou atacar o meu. Que cachorro?,* ele perguntou. *O Tufão,* respondeu Elisa. Em seguida a mulher que Elisa tinha visto dias antes descascando laranja, a Iarema, apareceu. Olhou para Elisa dos pés à cabeça. *Minha neta, essa moça está dizendo que o Tufão entrou no pátio dela.* A mulher continuava olhando para Elisa. Depois, com calma, disse que Tufão não tinha entrado em pátio algum. Elisa discordou. *Ele entrou, sim, e quis atacar o meu cachorro, que é um filhote, não sabe se defender. Vocês não podem deixar um cachorro perigoso assim solto.* Iarema se aproximou do portão e falou que o Tufão não era perigoso, disse: *vocês é que tão querendo inventar coisa pra prefeitura nos tirar daqui. Mas a gente não vai sair.* Elisa tentava manter o equilíbrio. *Eu não quero que vocês saiam daqui. Eu defendo que vocês sejam reconhecidos. Eu só estou pedindo pra tomarem cuidado com o Tufão, ele é um cachorro grande e pode machucar alguém.* Iarema baixou a voz: *olha, moça, a gente não precisa de ninguém pra nos defender. Pessoas bem-intencionadas iguais a você, eu conheço bem.* Antes de dar as costas, disse ainda: *o Tufão não invadiu nada, ele só entra no que é dele.* Elisa voltou para casa indignada. Quando cheguei mais tarde, ela me contou tudo. Eu disse que sempre achei aquele cão perigoso para andar solto. Elisa disse que a questão não era essa, mas o cinismo daquela mulher ao dizer que o Tufão não tinha invadido o pátio. *Entendo que eles já devem ter passado dificuldades na vida, mas isso não dá a eles o direito de agir como se não tivessem que respeitar os limites.* Concordei com Elisa porque queria mostrar que estava do lado dela, pois comecei sentir com mais frequência uma certa indiferença comigo, um distanciamento cada vez mais visível. Já fazia quase um ano que estávamos namorando. Nosso sexo havia diminuído e conversávamos menos. Sentia que Elisa ficava entediada às vezes quando estava comigo. Eu evitava falar sobre minha avó para não a aborrecer.

13.

Então eu tive a brilhante ideia de fazer uma surpresa para Elisa. Fui pesquisar quanto custaria passar um fim de semana na praia de Torres. Vi que gastaria pelo menos a metade da aposentadoria da minha avó. Era uma loucura. Eu sabia que não poderia fazer aquilo. Mas o pensamento de que seria bom para mim e para Elisa venceu. Achei também que, se eu ganhasse aquele concurso, eu poderia pagar as contas do mês seguinte e ainda sobraria algum dinheiro. Liguei para a pousada mais em conta que encontrei e fiz a reserva para dois dias. Comprei as passagens. Eu sabia que poderia estar fazendo merda ao gastar uma grana que eu não podia gastar. Mas foda-se, pensei. Acho que devo fazer o que quero de vez em quando. Eu só ando me fodendo nessa vida. À noite fui até a casa de Elisa. Quando cheguei, ela estava cozinhando. *Estou fazendo uma massa com carne, vai querer comer depois?* Eu disse que o cheiro estava bom e que eu já estava com fome. Demos um beijo rápido. Paçoca veio brincar comigo. Após o jantar perguntei a ela o que tinha para fazer no fim de semana. Ela disse que nada de muito importante, apenas queria terminar de ler um livro e adiantar um ensaio que precisava entregar na semana seguinte. Foi então que contei da minha surpresa. Disse que tinha feito reservas numa pousada na praia de Torres. Mostrei as passagens de ônibus. Elisa não acreditou, me abraçou e disse que eu era o melhor namorado do mundo. Me beijou e agradeceu. Mas depois ficou preocupada. *De onde você tirou dinheiro, Joaquim?* Menti que tinha recebido do Lauro um dinheiro que eu havia emprestado a ele, já fazia tempo, e que nem pensava mais em ter de volta. Elisa se comoveu com meu gesto e disse: *ó meu bem, você é uma pessoa boa.* E novamente me abraçou. Estávamos felizes.

14.

Arrumamos nossas mochilas e fomos para a rodoviária. Levamos cerca de quatro horas para chegar em Torres. Quando descemos do ônibus, caía uma chuva fina. O clima estava abafado. Caminhamos na direção da Praia Grande. A pousada ficava a algumas quadras da rodoviária. Chegamos na recepção um pouco úmidos. Minhas costas doíam por causa do peso da mochila. A senhora que nos atendeu nos olhou da cabeça aos pés. Depois de fazer o check-in, fomos para o quarto. Era uma pousada relativamente simples, nosso quarto era bastante pequeno e tinha poucos recursos, mas era o que eu podia pagar. Elisa estava com fome e eu também. Saímos à procura de lugar para comer. Passamos por alguns restaurantes. Eu não podia gastar muito, na verdade estava com o dinheiro contado. Não queria gastar mais que cinquenta reais naquele fim de semana. Depois de darmos algumas voltas, Elisa parou na frente de um restaurante de frutos do mar, disse que queria comer lá. Pensei em dizer que parecia ser um restaurante caro. Mas ela estava tão radiante que eu disse apenas: *então vamos*. Escolhemos uma mesa, um garçom gentil se aproximou e puxou a cadeira. Foi aí que me dei conta de que a coisa ali era séria, que definitivamente era um lugar caro. Duas vezes pensei em dizer a Elisa que não tinha dinheiro para gastar num restaurante daqueles. Depois pensei em dizer que podíamos dividir a conta. Mas por fim avaliei que dizer isso seria admitir meu fracasso, já que afinal eu tinha dinheiro para fazer alguma coisa com ela. Olhei o cardápio. Cada prato custava em média cinquenta reais. Elisa escolheu um filé de peixe ao molho rosê, com salada e batatas sautées. Eu acabei pedindo a mesma coisa. Depois ela olhou para mim e perguntou se a gente podia tomar uma taça de vinho. E dizia tudo isso sem mencionar os valores das coisas. Eu disse que sim. Cada taça custava quinze reais. Comecei a fazer as contas de cabeça. Mais de cento e vinte reais em apenas uma refeição. O dobro do que eu havia planejado gastar com comida em todo o fim de semana. Preciso ganhar a porra daquele concurso literário, pensei. A comida chegou e julguei que era pouco pelo valor que eu estava pagando. O vinho chegou em seguida. Brindamos. Elisa estava mesmo radiante. Achei que tinha acertado na minha surpresa. Olhava para o rosto de Elisa e me convencia por fim de que eu tinha chances de vencer aquele concurso literário da faculdade. Com o dinheiro eu iria repor o que gastara na viagem e ainda sobraria alguma coisa. Está tudo bem, Joaquim, está tudo bem, você não está fazendo nada de errado, aproveite esse momento. Sorri para Elisa. Conversamos sobre os livros que estávamos lendo, depois sobre nossas famílias. Elisa mandou uma mensagem para a mãe dizendo que o dia estava lindo. E estava mesmo. Paguei a conta e fomos dar uma caminhada no calçadão.

15.

Torres é uma praia diferente das praias gaúchas. Há morros e formações rochosas que fazem limite com o mar. Existem grutas e trilhas. Uma paisagem mais próxima daquela das praias de Santa Catarina. Elisa queria subir num dos morros. Eu concordei. Depois da chuva fina, o sol rompeu com força. Na trilha havia algumas passagens um pouco mais íngremes, e tínhamos de nos apoiar nas pedras. Conforme íamos subindo, ia dando para ver toda a extensão da praia. O vento também aumentara. Algumas pessoas que faziam a trilha paravam um pouco para descansar, mas eu e Elisa tínhamos mais vigor e não paramos. Queríamos alcançar logo o topo. Ao chegarmos, Elisa deu uma boa olhada ao redor e disse: *que bonito aqui*. Eu concordei, embora tenha me dado uma certa agonia estar num lugar alto como aquele e tão próximo do mar. Aquela amplidão me incomodava de alguma forma. Além disso, no fim dos rochedos não havia nenhum tipo de proteção, apenas algumas placas que diziam: *cuidado, risco de queda*. Elisa quis chegar o mais perto possível do penhasco, queria ver o mar batendo contra as rochas. Fui com ela. Elisa caminhava mais à frente. Chegou no limite de onde podia ir. Eu parei um pouco mais atrás e Elisa disse: *vem, senta aqui comigo*. Eu fui. Sentamos os dois de frente para o penhasco, e ficamos olhando o mar. Era possível ver as ondas batendo com força nas rochas. Era bonito, mas ao mesmo tempo assustador. Elisa encostou a cabeça no meu ombro. O vento batia em seus cabelos, que esvoaçavam um pouco em meu rosto. Entretanto, uma agitação interior começou a tomar conta de mim. Senti vontade de fugir. Porque olhar para aquelas pedras, daquela altura, me deu uma sensação de liberdade plena. Um sentimento de que eu poderia fazer o que quisesse. Inclusive me atirar lá de cima. Por algum motivo, lembrei-me do livro *Aparição*. A morte, ali naquele momento, me pareceu tão fácil. E era justamente essa facilidade que me assustava. A possibilidade de cair daquele penhasco e pôr fim a minha vida me angustiava. Era preciso apenas que eu me levantasse e caminhasse alguns poucos passos e tudo estaria terminado. Imaginei-me caindo, de olhos fechados, e depois, no meio da queda, abrindo os olhos antes de bater a cabeça numa pedra e, em seguida, ser engolido pelas ondas e arrastado para o mar aberto, não sem antes escutar os gritos de Elisa. Morrer é tão fácil, pensei. Esta última imagem fez com que eu me levantasse subitamente. *Vamos embora, Elisa*, eu disse. *O que foi, Joaquim, o que houve?* Enquanto voltávamos para longe do penhasco, meu coração disparou. Ali eu talvez tenha entendido que não tinha vontade de me atirar nem queria acabar com a minha vida, mas a possibilidade de querer e poder fazer isso me deixava em pânico.

16.

Descemos o morro. Estávamos cansados, por isso fomos para a pousada. Não falamos nada sobre minha vontade de sair subitamente de lá. Ao chegarmos, Elisa disse que ia tomar banho. Constatamos que não havia toalhas no banheiro. Fui até a recepção, a senhora que me atendera mal me olhou por cima dos óculos quando perguntei sobre as toalhas. *Estamos com poucos funcionários, senhor. Daqui a pouco eu mando entregar no seu quarto*, disse. Mas minha namorada está esperando pra sair do banho, falei. A senhora me olhou e murmurou: *sua namorada*. Depois deu um grito chamando o nome de um dos funcionários. Era um rapaz negro. Chegou com rapidez. *Leva duas toalhas no 106*, ela disse me olhando. Voltei para o quarto esperando as toalhas. Do banheiro Elisa me chamou. Ela disse que o vaso havia entupido. Eu disse que depois eu resolveria com a recepção porque tinha acabado de ir até lá. Não demorou e o rapaz bateu na porta trazendo as toalhas. Fui para o banho também. O chuveiro era bom. Pensei no que poderíamos jantar para que eu não precisasse gastar mais do que não podia. Saí do banho. Lembrei que Elisa havia dito que o vaso estava entupido. Levantei a tampa da privada e vi merda boiando. Não quis sair e perguntar a Elisa se aquela merda era dela. Não interessava, a questão era que a pousada tinha problemas. Voltei à recepção. A senhora me olhou com uma cara de *o que que é dessa vez, hein?* Eu disse que o banheiro do nosso quarto estava sem condições de uso, a privada estava entupida. Então ela disse contrariada que ia mandar alguém ir lá ver depois. Eu disse que não dava para ficar num quarto assim, a gente precisava mudar para outro. Dessa vez a senhora fez uma cara de deboche dizendo que a pousada estava lotada, que não havia outro quarto. Tive vontade de dizer que não ficaria mais naquele hotel de merda, mas rapidamente fiz as contas de quanto me custaria aquele rompante de dignidade. Então desisti, engoli meu orgulho e voltei para o quarto com a promessa dela de que ia mandar alguém mais tarde arrumar a privada. Quando cheguei, vi Elisa recostada na cama, com uma toalha na cabeça, escrevendo alguma coisa na sua agenda. Ela não me olhou. Apenas perguntou se eu tinha resolvido o problema da privada. Eu disse que ainda não. Ela fez uma cara de desaprovação, como se fosse culpa minha aquele quarto ser daquele jeito. Peguei meu exemplar de *A rosa do povo* e fui sentar na cadeira próxima à janela que dava de frente para um hotel. Não estava conseguindo me concentrar na leitura. Então fiquei observando os hóspedes do outro quarto. As cortinas cobriam apenas metade da janela, de modo que dava para eu ver algumas movimentações. Era um casal e duas crianças pequenas, que deviam ter entre cinco e oito anos de idade. A mãe aparentava estar bastante irritada, pois tentava passar protetor solar num dos filhos, de vez em quando ela dava uns gritos e o marido dizia para ela não gritar assim, ela respondia dizendo para ele fazer alguma coisa então, em vez de mandá-la parar de gritar. Os dois estavam irritados, talvez não exatamente com os filhos, mas com aquela situação em que se meteram. Talvez um dia tenham idealizado que passar um fim de semana naquele hotel seria uma boa coisa a fazer com duas crianças hiperativas. Tive pena deles. Talvez estivessem arrependidos de terem tido filhos e agora precisarem se suportar dentro de um quarto de vinte metros quadrados, numa luta inglória envolvendo crianças e protetor solar. Eu pensei que não queria uma vida como aquela. Olhei para trás e Elisa havia adormecido. A caneta e a agenda dela tinham desabado de sua mão. Levantei-me para deitar ao seu lado. Antes peguei a agenda e caí na tentação de olhar. Abri numa página aleatória. Algumas anotações sobre prazos de leituras e trabalhos da faculdade. Números de telefone, listas de supermercado. Alguns pensamentos que não soube dizer se eram dela ou tirados de algum livro. Procurei alguma referência a mim ou a nossa relação. Mas não achei nada. Deitei ao seu lado e adormeci. O problema no banheiro não foi resolvido e tivemos que usar o toalete do saguão da pousada. Não ousamos mais entrar no banheiro por receio de que o cheiro invadisse o quarto. Voltamos no domingo à noite para Porto Alegre.

17.

Duas semanas depois saiu o resultado do concurso literário. Não ganhei nada. Nem menção honrosa. Fui olhar os nomes dos vencedores no site da faculdade. Não conhecia nenhum deles. O título do conto que ficou em primeiro lugar era "A tristeza de Euclides". Estava curioso para ler e saber por que os jurados haviam escolhido aquela história e não a minha. O site dizia que dali a alguns dias os textos estariam disponíveis no blog do concurso. Depois de saber o resultado, senti desânimo. Não só por não ter vencido, mas sobretudo porque me sentia idiota de ter contado com o dinheiro do prêmio para pagar minhas contas do mês seguinte. Pensei que eu havia sido arrogante ao acreditar que escrevia bem a ponto de poder ganhar aquele concurso. Depois de mais uma aula na universidade, depois de termos lido os últimos capítulos da *Odisseia* e de nada daquilo parecer útil para minha escrita, pensei sinceramente que a literatura não era para mim. O semestre estava acabando, eu precisava entregar os trabalhos finais. E eram muitos. Além disso, eu não tinha computador. Em algumas ocasiões Elisa me deixava usar o dela, mas na maioria das vezes eu tinha de usar os computadores da biblioteca.

18.

Eu estava na casa de Elisa e acordei com um barulho que parecia uma briga de cachorros. Elisa levantou sobressaltada e chamou pelo Paçoca. Olhei o celular, eram seis e meia da manhã, Elisa foi procurar o filhote pela casa, não o encontrou. Eu também saí procurando, mas nada. Elisa voltou ao quarto, trocou de roupa, calçou os chinelos enquanto ainda escutávamos os cachorros brigando. Quando chegamos na parte de trás da casa, vimos Tufão mordendo o Paçoca. Elisa correu até o fundo com uma pedra na mão, os outros cães latiam e já não se sabia de onde eles eram. Elisa jogou a pedra, mas não acertou nenhum deles. Nesse momento, o Peruano apareceu com um balde de água e jogou nos cães. Eles se dispersaram. Paçoca estava ferido. Não identificamos em que parte do corpo exatamente. Mas ele chorava alto.

Elisa não conseguia raciocinar direito, apenas repetia: *quem deixou esse monstro entrar aqui?, quem deixou esse monstro entrar aqui?* Peruano ofereceu ajuda e disse que podia levá-lo no veterinário da universidade, era perto e tinha emergência. Elisa concordou. Paçoca respirava com dificuldade. Nós o enrolamos num pano e entramos no carro. Elisa falava com ele, dizia que ia ficar tudo bem. Peruano olhava pelo retrovisor e reclamou: *esse pessoal do quilombo não é fácil, deixar um animal perigoso desses solto.* Pensei em dizer que não dava para generalizar. *Pra começar, eles não respeitam nada, não respeitam o silêncio, não respeitam a vizinhança deles,* continuou o Peruano. *Depois dessa acho que temos que fazer alguma coisa.* Eu e Elisa não dissemos nada. Ao chegarmos na emergência, Paçoca já havia parado de chorar. O pano estava encharcado de sangue. Na recepção, contamos o que aconteceu. O veterinário disse para aguardarmos um pouco. Logo em seguida recebemos a notícia de que o Paçoca tinha perdido muito sangue por causa de uma mordida profunda. Ele não tinha como resistir. Entramos no carro com o Paçoca morto enrolado num pano. *Eu não consegui cuidar nem de um cachorro,* disse Elisa baixinho. Peruano tentou consolá-la dizendo que a culpa não tinha sido dela. Eu também repeti que a culpa não tinha sido dela, e acrescentei que, no pouco tempo que viveu, o Paçoca foi muito amado. Minha fala pareceu dramática e um pouco piegas, mas foi sincera. Quando um bicho de estimação morre, nunca se sabe qual é o limite entre a dor da perda e o exagero, porque um bicho não é uma pessoa, é apenas um bicho, eu pensava. Mas por outro lado esse bicho, às vezes, é tudo que se tem. Dedica-se amor a ele. E ele nos dá amor de volta. E, vendo Elisa transtornada como estava, pensei que o luto era uma espécie de amputação, pois não importa se é bicho ou gente, a falta estará lá. Toda perda é parecida, pensei. Ao chegar, fomos providenciar o enterro do Paçoca. Albertina apareceu, seguida de Vagner e outros estudantes. Cavamos uma pequena cova. Colocamos o Paçoca numa caixa de sapato. Peruano disse algumas palavras, depois jogamos terra por cima. Em seguida começou a chover, e todos foram embora. Abraçado a Elisa, entramos em casa. Sentamos no sofá. A chuva aumentou. Estávamos um pouco molhados, mas não nos importamos. Queríamos apenas ficar quietos. Não puxei assunto porque não sabia o que dizer. Entretanto, quando Elisa parou de chorar e secou o rosto, ela levantou e abriu a porta. Saiu ignorando a chuva, foi até a frente da casa de Iarema e gritou por ela. Ninguém apareceu. Elisa abriu o portão e entrou. Tufão estava preso. Elisa se agachou e pegou a maior pedra que pôde encontrar. Eu gritei de longe seu nome. Mas Elisa não me ouvia, ou não queria ouvir. Entrei no quintal e pedi que Elisa parasse. Iarema apareceu perguntando o que ela queria. *Eu quero meu cachorro de volta*, ela gritou. Eu nunca tinha visto Elisa daquele jeito. Tufão latia e rosnava. A qualquer momento a corrente que o segurava poderia arrebentar. As duas se puseram a bater boca. *Eu nunca te fiz nada*, dizia Elisa. *Você só precisa existir pra me fazer mal, moça*, disse Iarema. *Saia da minha casa. Saia do meu terreno. Volte com seu preto para o lugar de onde você veio.* Eu dizia: vem, Elisa, vamos sair daqui, vem. E de repente outros moradores do quilombo começaram a aparecer: e eram homens, mulheres, crianças, velhos e velhas. Ninguém dizia uma palavra. Apenas nos olhavam, sem nenhum tipo de agressividade. Na verdade, tive a impressão de que todos olhavam para mim. Como se me perguntassem o que eu estava fazendo ali. Lembrei da minha avó, da tia Julieta, todos eles se pareciam com elas, se pareciam comigo.

19.

No dia seguinte, fui almoçar com Lauro no centro de Porto Alegre, num PF barato, perto de onde ele trabalhava. Eu gostava de conversar com ele porque era alguém que me fazia lembrar de onde eu vinha. Lauro sabia muitas coisas a meu respeito, coisas da minha infância, e fico pensando o quanto é importante a gente ter por perto pessoas que sabem coisas antigas da nossa história. O Lauro estava sendo preparado para ser babalorixá. Passamos boa parte da infância e adolescência indo no terreiro da Mãe Teresa de Oxóssi. Presenciávamos os fundamentos e os rituais. Conversávamos com todos os santos que baixavam no terreiro, os oguns, os xangôs e as oxuns. A gente também gostava das giras dos exus, porque tinha muita festa, música e os exus, quando chegavam, gargalhavam com deboche, fumavam charutos e diziam palavrões. Lauro lembrou de uma vez em que eu fiquei muito doente, tive uma anemia grave, e a Mãe Teresa convenceu minha mãe de que eu tinha de fazer um banho de ervas. E que também deveria fortalecer minha cabeça. No almoço, Lauro reafirmou que estava preocupado com minha avó, *porque nem sempre vou conseguir ajudar sua tia Julieta, e você, depois que começou a faculdade, não para mais em casa. Não estou te julgando, mas está pesado pra sua tia também.* Lauro carregava uma elegância que vinha de dentro dele. Ele era filho de Oxalá e dizem que os filhos de Oxalá são assim. Exalam serenidade, são diplomáticos e sensíveis. Respondi que eu tinha noção do que estava acontecendo com minha avó, que eu estava tendo dificuldades de acompanhar a faculdade. *Estou tentando conseguir um emprego*, eu disse. *Pensei em tentar um estágio, mas ainda estou no primeiro ano, não consigo muita coisa na minha área.* Lauro me escutava com atenção. Depois mudamos de assunto e ele passou a falar do escritório em que havia começado a trabalhar. *É no Moinhos de Vento. Meu trabalho tem sido fazer papel de preposto em audiências de conciliação, ir no juizado de pequenas causas, pagar boletos em bancos e lotéricas. Eu sou a única pessoa negra do escritório. Eles não sabem que sou gay e que estou namorando* com o Pedro. Eu e o Pedro ainda não conversamos sobre isso. Mas ele já tem percebido que não quero demonstrações de afeto em público. Eu sei o quanto isso dói na gente. Às vezes eu fico pensando nessa história de sair do armário. Como se, ao se assumir, tudo estaria resolvido. A gente não sai do armário e fica tudo resolvido. Aliás, a gente nem sai de uma vez só, sai aos poucos. Volta, recua, entra de novo. E, mesmo quando saímos do armário, a gente ainda precisa sair da cama. Tem que sair do quarto. Tem que sair de casa. Tem que ir pra rua. Tem que entrar na casa dos pais, dos amigos, tem que entrar na empresa onde trabalha. No mês passado, a gente estava num samba. Ele me abraçava, às vezes segurava minha mão, cheirava meu pescoço. Mas aí eu vi uns amigos do meu pai. Os mesmos que debocharam dele quando descobriram que ele tinha um filho viado. Então eu me retraí. E o Pedro perguntou o que tinha acontecido e eu disse: nada, não. Eu evitei o Pedro porque não queria que os amigos do meu pai me vissem. Eu sei que era cruel, mas eu não estava preparado. Você lembra do dia em que contei pra minha mãe que eu era gay, e ela se jogou no chão, e pedia para os orixás me ajudarem? Lembra que ela foi na frente dos santos bater sineta e mandar que eles resolvessem o meu problema? Lembra que te contei que ela foi na cozinha, pegou uma panela de pressão, porque foi a coisa mais pesada que ela conseguiu achar, e tentou me bater com a panela, enquanto dizia que preferia ter um filho morto a ter um filho viado? Minha mãe disse que não ia mais pagar minha faculdade, porque tinha vergonha de mim. Não esqueço dela me dizer que pra ela eu tinha morrido. Também não esqueço da conversa difícil que eu tive com a Taís. E você lembra que foi sua tia Julieta que sempre me acolheu? Foi ali que decidi entrar numa universidade pública, porque eu não tinha alternativa, não tinha como pagar uma faculdade sem a ajuda dos meus pais. Eu mesmo pensava que as cotas eram uma espécie de esmola, sabe? Como se fosse uma facilidade para os *negros, como se não tivéssemos capacidade de fazer uma prova como todos os outros. Mas eu entendi que não era bem isso. Eu entendi que não tinha as mesmas chances. Entendi, por fim, que um exame de vestibular não provava nada a meu respeito. Nada sobre minhas capacidades. E, mesmo depois que entrei no curso, como cotista, ainda tive de lidar com a desconfiança dos colegas. Não esqueço das aulas de Penal I, por exemplo, com aquelas discussões sobre leis, sobre o código penal que só fode os mais pobres. Que só pune quem é preto. Às vezes eu ainda me sinto sozinho. Eu olho para os lados na universidade e ainda não vejo pessoas parecidas comigo. Por mais que o Pedro seja meu companheiro, por mais que ele tente me compreender, ele é branco, sabe? E existem coisas que ele não entende.* Lauro estava comovido. Acho que nunca tínhamos tido uma conversa como aquela.

20.

Eu deveria ter encarado o incidente dos cães como um sinal de que as coisas iriam piorar. Eu deveria confiar mais na minha intuição. Minha avó costumava dizer que eu era médium, que tinha um xangô para desenvolver num terreiro, que tinha o dom de ver e sentir as coisas. Na verdade, eu sentia mesmo, mas costumava ignorar, porque de certo modo quanto mais eu estudava, quanto mais eu lia, mais racional eu me tornava. Quando comecei a ler Nietzsche, achei que tinha resolvido minha visão de mundo. Achei que havia encontrado um sentido. Pensava, pois, que minha única missão era a de me tornar quem eu era. Era tão óbvio no início. Eu deveria me tornar poeta, escritor, um homem de letras. E, assim, estaria tudo resolvido. A lógica, para mim, era muito mais sedutora que a intuição. Em pouco tempo, eu cheguei nos existencialistas. Um dia eu e Gladstone tivemos outra conversa, agora sobre o absurdo em Camus, chegamos na parte em que ele me explicava as diferenças filosóficas entre Camus e Sartre, como os dois divergiam, como Sartre julgava fracas as teorias de Camus. *É claro que os pensamentos deles não podiam convergir*, disse Gladstone. *Por quê?*, perguntei. *Ora, pelo simples fato de que Camus era argelino. E o que isso tem a ver?*, insisti. *O que tem a ver? Isso faz toda a diferença. A visão de mundo dele era outra, entende? A gente nasce, toma consciência do absurdo que é tudo isso que vivemos? Não tem anestesia. Não tem receita. Não tem lógica. Não tem verdade nenhuma. Conviver com a falta de sentido é tudo que temos.* Aquela discussão me afastava cada vez mais das minhas origens. Eu me distanciava dos orixás e a certa altura se tornou mais fácil tratá-los como literatura. Acreditei com toda a força e sinceridade que os livros poderiam me salvar. Mesmo que Sinval tenha me alertado para sempre desconfiar do que eu lia. *Discordar do que se lê é uma afirmação de vida*, ele dizia. Era conferir uma rebeldia diante das coisas que a gente aprende.

21.

Depois da morte do Paçoca e daquele fim de semana desastroso em Torres, abriu-se uma cisão ainda maior entre mim e Elisa. Ela queria que eu concordasse com tudo que ela passou a dizer dos quilombolas. E queria que eu tomasse o partido dela. Mas quanto mais eu pensava em defender Elisa, mais eu me aproximava da inércia. A inércia era uma espécie de recusa, porque no fundo eu sabia de que lado eu estava. Dias depois, o Peruano chegou com um abaixo-assinado que pedia a remoção dos quilombolas daquela região, o documento alegava baderna, barulho, insegurança, falta de higiene e animais perigosos soltos. Vi que Elisa ainda não havia assinado. Não quis perguntar se ela ia assinar. Eu queria evitar qualquer confronto que pudesse pôr em risco nosso namoro. Eu a amava e estava disposto a fazer o que fosse para continuarmos juntos. Às vezes, Elisa me falava como era trabalhar numa escola para alunos de classe média alta. Falava às vezes com certa ironia. Contava algumas anedotas. Outra noite fui buscá-la. Fiquei em frente à escola esperando, Elisa se atrasou e não demorou muito para que um carro da Brigada Militar se aproximasse de mim. Eu já sabia o que viria pela frente. Ligaram as luzes da sirene. Lembrei de um professor de literatura que tinha sido morto anos antes numa abordagem policial. O carro passou por mim lentamente. Baixaram o vidro e me encararam. Eu não encarei de volta, fingi normalidade. Eu já sabia a cartilha. O carro passou e eu continuei ali. Elisa chegou minutos depois. Estava eufórica, falando que havia encontrado um jeito mais eficaz de ensinar o verbo *to be* para os adolescentes. Junto com ela vieram os colegas: Matheus, Sofia e Philip. Elisa me apresentou a eles. Todos me cumprimentaram com um aperto de mão. Matheus era branco, mais baixo que eu, tinha cabelos até o ombro, havia morado alguns anos no Canadá. Sofia era uma menina branca, tão branca que dava para ver as veias sob a sua pele, mesmo àquela hora da noite. Tinha o cabelo preto e usava piercing na sobrancelha, também havia morado um tempo fora, nos Estados Unidos. Philip também era branco, mas era norte-americano nascido em Nashville. A mãe era brasileira e o pai estadunidense. Philip tinha porte atlético, os olhos claros, usava uma franja que caía no olho, o que lhe conferia um tique de movimentar a cabeça, ou de ficar passando a mão no cabelo sistematicamente, como se estivesse se penteando. Embora morasse no Brasil desde a adolescência, Philip fazia questão de manter um sotaque americano, o que deixava as garotas doidas por ele. Além disso, era bastante falante e elétrico. *Elisa me disse que você é escritor*, ele disse, sorrindo. Eu disse que estava estudando para isso. Ele riu e falou que eu não precisava ter vergonha. *Ser escritor é uma boa profissão também, não se ganha muito dinheiro, mas o importante é fazer o que se gosta.* Eu concordei, mesmo achando aquele um comentário desnecessário. Naqueles poucos minutos, percebi que Philip gostava de ser o centro das atenções. E de certo modo ele conseguia isso. Em dado momento Elisa pegou na minha mão e disse, olhando para mim, que o Philip ia dar uma festa na casa dele na sexta-feira. *Levem roupa de banho*, ele disse rindo. Eu disse: *que ótimo, podemos ir*. Depois nos despedimos, eles foram para o estacionamento, eu e Elisa andamos até a parada de ônibus. Quando estávamos nos afastando, Philip voltou, nos chamou e perguntou se não queríamos ir comer um hambúrguer com eles. Eu olhei para Elisa e senti que ela queria ir, mas ela me olhou de volta e lembrou que eu vivia sem grana, e ir numa lanchonete, naquela região, seria o fim da minha vida financeira. Elisa agradeceu, mas disse que tínhamos de ir para casa. Philip fez uma cara de desapontamento, *fica pra uma próxima, então*. Seguimos em silêncio até a parada. Meu celular apitou, era uma mensagem de tia Julieta perguntando a que horas eu voltaria. Ignorei. Elisa estava chateada, era visível em seu rosto. Eu não sabia bem o que fazer, então sugeri comermos um cachorro-quente no centro de Porto Alegre. Era o que eu podia pagar, pensei. Elisa estava com fome e aceitou. Atravessamos a rua e pegamos um ônibus. Minhas passagens escolares estavam terminando e certamente eu teria de pedir dinheiro emprestado para alguém antes do fim do mês. Pedimos um cachorro-quente completo. Sentamos no meio-fio para comer. Estávamos perto do Mercado Público. Elisa deu uma primeira mordida, passou um bom tempo mastigando. Parecia que não tinha vontade de comer aquele amontoado de salsicha, maionese, milho e tudo mais que aquela bomba calórica carregava. Do outro lado da rua vimos uma ratazana entrar rapidamente num bueiro. Tanto eu quanto ela não quisemos comentar aquela cena. Elisa deu mais uma mordida e desistiu de comer. Eu fui até o fim. Detestava jogar comida fora. Perguntei se estava tudo bem. Elisa disse que sim, que só estava cansada. Mas sabíamos que não estava tudo bem.

22.

Antes de voltar para casa, passei no bar, onde encontrei o Caminhão. Tomamos algumas cervejas. Cheguei em casa bêbado. Adormeci no sofá. Quando acordei pela manhã, tia Julieta já tinha saído. Levantei com certa ressaca. Fui ao banheiro, mijei, e joguei uma água no rosto. Depois fui até o quarto da minha avó. Aproximei-me da cama. Ela ainda dormia. Ela havia emagrecido mais um pouco. Tive pena e pensei como era possível que ela ainda estivesse ali, depois de tudo que tinha passado, depois de todas as coisas que poderiam ter feito com que ela desistisse de viver. Minha avó ainda seguia firme. Como podia, mesmo depois de toda uma vida desperdiçada com os filhos, com o trabalho, com a exploração e com a falta de amor? Claro que todos nós um dia iríamos desaparecer, morrer. Mas desaparecer daquele jeito não era fácil aceitar. Naquele momento, lembrei de Sinval ter me dito uma vez que não há nenhum demérito em morrer como uma pessoa comum. *Uma pessoa que morre aos noventa anos, por exemplo, já fez algo de extraordinário porque simplesmente viveu. Suportou a vida. Escapou até ali de todas as circunstâncias que poderiam matá-la: doenças, acidentes, guerras, desigualdades. E sobretudo a maldade humana. E isso por si só já é algo extraordinário*, ele disse. Fui até a cozinha e fiz meu café da manhã. No celular, mensagens de Lauro dizendo que tinha uma vaga de call center numa empresa de cobrança de internet. Que as vagas iam abrir em breve, que ele ia me avisar sobre a possibilidade de uma entrevista. Não era o melhor emprego do mundo, pensei, mas já era alguma coisa. Na verdade, eu passava mais tempo reclamando que não tinha dinheiro, que precisava arranjar um emprego, do que tomando uma atitude concreta. Acho que era meu modo de resistir a fazer coisas que eu não queria. Trabalhar em algo apenas para ter um salário era violento para mim. Minha avó acordou uma hora depois. Dei café a ela. Em seguida fiz toda a higiene matinal. Era sempre o mesmo rito. Às vezes eu tinha a impressão de que ela estava piorando, mas em outros dias ela se mostrava melhor e disposta. Era como se sua energia se renovasse e ela quase pudesse ser independente.

23.

Elisa foi ao cabeleireiro e fez um penteado que prendia metade de seu cabelo, maquiou-se com afinco e colocou um vestido preto curto. Tudo isso para ir à festa do Philip. Eu vesti uma calça jeans e uma camisa social branca. Era a roupa mais arrumadinha que eu tinha. O apartamento de Philip ficava num condomínio de luxo. Os jardins eram iluminados com luzes verdes e azuis. O lugar era do pai dele. Philip dissera a Elisa que o pai tinha três imóveis no Brasil. No elevador, perguntei a Elisa por que Philip dava aulas se morava num prédio como aquele. Ela me olhou com seriedade e disse, como se fosse óbvio: *ora, porque ele não quer depender do pai. Ele quer ser independente. Eu acho isso de uma grandeza imensa, alguém que tem tudo e abre mão pra construir o seu próprio caminho.* Chegamos no terraço. Ao fundo estava Philip, sentado embaixo de um caramanchão, rodeado de mulheres. O lugar estava todo decorado. Os olhos de

Elisa brilharam com aquele clima. Tocava Cyndi Lauper numa versão remixada. Philip veio nos receber dizendo: *que bom que vocês vieram*. Trazia um copo de uma bebida que eu não soube identificar. *Fiquem à vontade*. Em seguida, sem que cumprimentássemos todo mundo, Philip chamou Elisa para mostrar alguma coisa a ela perto da piscina. Achei indelicado não ter me chamado para ir junto. Fui até o bar pegar uma bebida. Pedi um negroni. Além da caipirinha, era a única bebida que eu conhecia. Enquanto Elisa ria e conversava com Philip, eu me aproximei de Sofia e Matheus. *Vocês fazem letras?*, perguntei. Os dois responderam que sim. Sofia disse que estava entre o quarto e o quinto semestre. Fazia bacharelado em inglês, queria ser tradutora. *Não gosto muito das cadeiras de literatura, faço porque tem que fazer*, ela disse. *Achei que todos os alunos de letras gostassem de literatura*, eu disse. *Ah, não, não é o meu caso*, ela respondeu. *Nem o meu*, disse Matheus. *Eu gosto mais de linguística, sabe? Gosto da gramática. Gosto de ver o mecanismo da língua, das regras. A língua é pura lógica. Quero pesquisar sintaxe no meu mestrado*, completou. Eu estava bem arranjado, pensei. Com dois estudantes, professores de inglês, que não gostavam de literatura. Então, para parecer inteligente, citei Roland Barthes dizendo que a língua é simplesmente fascista. Os dois se olharam, e disseram que não conheciam essa citação. *Em que livro está?*, perguntou Sofia. Por alguns segundos, fiquei avaliando se aquela pergunta era um teste para descobrir se eu de fato sabia do que estava falando ou se eles ignoravam mesmo a informação. *Está no livro* Aula, eu disse. *Na verdade*, continuei depois de dar um gole no meu drinque, *essa citação faz parte do discurso de Barthes quando assumiu a cadeira de catedrático na École de France. É uma referência ao jogo de poder que se instala no sistema de uma língua. A língua é por definição opressora, e a única forma de fugirmos desse jogo seria enganando a língua, e a essa enganação Bar-

thes chamava de literatura. Enquanto eu falava, Matheus soltava uns *aham*. Sofia, por sua vez, disse que era interessante, mas que ainda assim não gostava de literatura. Eu ia continuar a falar de Barthes, porque já tinha bebido todo o meu negroni e já estava chegando naquele estado em que não me importava se estavam interessados no que eu dizia. Mas fui interrompido pelo Philip, que pôs a mão no meu ombro como se fôssemos amigos e disse que aquela não era hora de conversa séria. Foi a primeira vez depois de muito tempo que senti vontade de dar um soco em alguém. Eu nunca fui de brigar na escola. Devo ter batido ou apanhado duas ou três vezes em toda a minha vida. Philip aparentava estar um pouco bêbado. Quando olhei para o lado, Elisa já estava na piscina, de biquíni, com outros colegas. Matheus e Sofia também começaram a tirar as roupas, ficaram só com as de banho e depois se jogaram na água. Agora tocava Duran Duran. Philip não entrou na piscina, ficou dançando ridiculamente na borda, sem camisa. E, quando fazia movimentos supostamente sensuais, as garotas davam gritinhos e o chamavam de gostoso. Eu fui para uma "ilha" onde garçons serviam bebidas e pedi outro negroni. Tomei três ou quatro goles de uma vez, quase sem respirar. Pedi mais outro. Comecei a circular pelo terraço. Estávamos no décimo quinto andar. Dava para ver boa parte de Porto Alegre. Eu nunca tinha visto a cidade daquele ângulo. Soprava um vento gostoso no meu rosto. Olhei para baixo. A mureta de proteção não era alta. Batia um pouco acima da minha cintura. Dali dava para escutar ao fundo os gritos e as risadas na piscina. Tomei mais outros tantos goles até sentir as pedras de gelo nos lábios. Agora, eu já estava onde eu queria, naquela espécie de dormência que alimentava minha indiferença diante da vida. Olhei novamente para baixo. Uma rua pouco movimentada, só alguns carros passando. Fui mais para o fundo do terraço, onde havia uma espécie de casa de máquinas. Inventei que podia subir naquela parte. Botei o copo com o resto de gelo em algum lugar. Mas depois tive a impressão de que ele despencara quinze andares. Eu ri. Eu achava que estava forte para bebida, mas não. Subi na mureta, fiquei de pé, de frente para o nada. Lembrei da sensação que tivera na praia de Torres, mas, ao contrário daquele dia, eu não tinha medo nem nenhum tipo de angústia, apenas a sensação de que morrer era fácil. E fiquei repetindo aquilo para mim, ao mesmo tempo que tentava subir na casa de máquinas. Que merda de vida é essa, pensei. Com dificuldade subi onde eu queria. Eu estava mais alto e tinha uma visão ainda melhor da cidade. Lembro de alguém gritar meu nome. E de eu rir daquilo tudo. Das pessoas virem correndo na minha direção e de alguém subir na casa de máquinas e tentar me tirar dali. Eu queria voar, pensei. Só isso. Me deixem em paz, seus brancos filhos da puta. E tentava me desvencilhar. Aquela era a verdadeira liberdade. E eu dava risada. Como se estivesse incorporado. Lembro de perder o equilíbrio e cair.

24.

Acordei no banco de trás de um carro. Philip dirigia e Elisa estava ao seu lado. O carro deu uma freada, e eu vomitei. Philip parou e eles perguntaram se eu estava bem. Eu não conseguia responder. Apaguei de novo. No dia seguinte, o sol entrava forte por uma fresta no quarto de Elisa. Minha cabeça doía e eu sentia um gosto ruim. Eu estava deitado no colchonete. Levantei. Abri a porta do quarto. Procurei por Elisa, não a encontrei na sala nem na cozinha. Fui até o banheiro para mijar, minha cabeça latejava com força. Lavei as mãos e o rosto. Depois fui até o quintal. Elisa estava lá, sentada num tronco de árvore. Segurava um cigarro. Sentei ao seu lado e disse bom-dia. Ela não respondeu.

Ficamos em silêncio por mais algum tempo. *Voltou a fumar?*, perguntei, tentando quebrar o gelo. Elisa deu uma tragada e depois soltou uma baforada, ainda sem olhar para mim. *O que foi aquilo ontem?*, ela perguntou, agora me encarando. Eu queria ser aquele tipo de bêbado chato, afetuoso e que lembra das coisas que fez. Olhei para a frente, depois para baixo. Elisa disse para eu olhar para ela. *Joaquim, vou perguntar de novo, o que foi aquilo ontem? O que você tem na cabeça?*, disse, apagando o cigarro no tronco. *Eu bebi um pouco mais do que estou acostumado*, falei. *Não*, disse Elisa, *aquilo não foi só uma bebedeira, você poderia ter matado alguém, sabia? O copo que você jogou do terraço poderia ter acertado alguém e hoje você poderia estar preso*, ela disse. *Não seja exagerada, Elisa. E eu não joguei copo nenhum, ele caiu sem querer*, eu disse com certa irritação. *Baixa esse tom de voz*, ela disse, *estamos apenas conversando. Eu não estou gritando, só estou dizendo que não joguei a porra do copo, eu não sou doido*, eu disse, me levantando. *Se você não quer conversar, é melhor você ir*, ela disse. Não me mexi. Tentei me acalmar. Elisa, com voz baixa, perguntou por que subi na mureta. *Você podia ter morrido*, ela disse. *Por que você fez isso? São meus colegas de trabalho, sabia? Minha supervisora estava lá também e viu tudo que você fez.* Voltei a me irritar, mas não alterei a voz. *E daí?*, perguntei. *Nunca viram alguém beber e passar um pouco da conta? O que você queria que eu fizesse? Você me leva pra uma festa com um monte de gente metida que acha que são gringos só porque falam inglês, além disso você ficou babando ovo daquele idiota do Philip. Você sabe que ele só quer te comer?* Elisa me olhou surpresa. Depois disse que eu estava louco, de onde eu tinha tirado aquilo de que Philip queria alguma coisa com ela. Falou que eles eram apenas colegas, que aquilo era um absurdo. *Você está com ciúmes e justamente de alguém por quem não tenho o mínimo interesse*, ela disse. *Joaquim, olha pra mim, presta aten-*

ção: eu não quero nada com ele, absolutamente nada. Ele também não quer nada comigo. Aliás, ele jamais olharia pra mim, eu não faço o tipo dele, além disso ele sabe que eu tenho namorado. Você estava lá comigo, eu só não fiquei muito perto de você porque queria que você se enturmasse. Dessa vez eu ri. *Me enturmar com aquela gente? Impossível.* Elisa se sentiu ameaçada e disse: *você está sendo preconceituoso. Desculpe se meus amigos não jogam sinuca e não moram numa vila.* Depois daquela última frase, eu sabia que não havia mais o que discutir. Não olhei mais para ela. Entrei em casa, fui para o quarto e comecei a arrumar minhas coisas. Eu queria desaparecer dali o mais rápido possível. Mas Elisa surgiu na porta do quarto. Ela sabia que tinha me magoado. Depois me chamou. *Joaquim, olha, me desculpe pelo que falei. Eu não queria dizer aquilo. Eu perdi a cabeça. Não vai embora, por favor*, ela disse. Eu estava ofendido ainda. Não queria ceder. Mas o medo de perdê-la foi mais forte. Já não me interessava ganhar a discussão, só o que me importava naquele momento era estar com ela. Não demorou muito para pedirmos desculpas um ao outro e fazermos amor. Havia algum tempo que não transávamos daquela maneira. Depois de tudo, deitados, pensei o quanto seria difícil se terminássemos. Levantei e fui tomar banho. Quando saí do banheiro, passei com a toalha enrolada na cintura. Paola estava na sala, mas mal me olhou. Quando fui conferir o celular, vi que tinha três chamadas não atendidas. Todas da minha tia. Fiquei preocupado. Tentei ligar de volta. Mandei uma mensagem dizendo que estava indo para casa.

25.

No meio do caminho tia Julieta me ligou e disse que minha avó tinha passado mal de madrugada e precisara ser internada. Uma ambulância do Samu tinha ido buscá-la. Estava no Hospital Conceição. Minha cabeça ainda latejava. Minha tia disse para eu passar em casa e pegar umas roupas. Foi o que fiz. Quando cheguei no hospital, fiquei esperando na recepção. Eu não podia subir. Apenas um acompanhante por vez podia estar no quarto. Fiquei observando as pessoas ali. Era um cenário decadente. Passei minha vida toda frequentando postos de saúde, hospitais públicos, e não havia me dado conta da precariedade com que me acostumara: bancos quebrados, cinco a seis horas de espera apenas para passar por uma triagem. Minha tia chegou. Me deu um abraço. Disse que minha avó tinha sofrido uma isquemia. Que ela estava consciente mas com certa dificuldade para falar. Que os médicos estavam avaliando se ela teria sequelas. Mas que acreditavam que sim, que o quadro dela podia piorar. Eu ainda não tinha visto minha tia chorar. Eu a abracei por instinto. Em seguida o Lauro chegou. Nos abraçamos também. Lauro usava um terno que sobrava nele, ainda assim estava elegante. Disse um *sinto muito*. Tia Julieta aproveitou para se despedir porque precisava ir trabalhar. Ela me deu recomendações e disse que voltaria mais tarde. Antes de subir até o quarto, eu e Lauro conversamos um pouco. Eu era dois anos mais velho que ele, mas às vezes tinha a impressão de que Lauro era um senhor idoso, pela postura e pelo modo de falar. Como se ele compreendesse com facilidade a dinâmica do mundo. De certo modo, eu me sentia protegido quando estávamos próximos. Falei do que havia acontecido na noite anterior, do meu porre, do vexame, da briga com Elisa e por fim da minha falta de dinheiro. Lauro me olhou e disse que eu não estava bem, falou para eu ir para casa curar a ressaca, que ele ficava ali, que ele podia ligar para o escritório e faltar no trabalho. Eu cheguei a cogitar aceitar a proposta, mas não queria abusar dele. Além disso, estava tomando coragem para pedir uma grana a ele para pelo menos custear minhas passagens até o fim do mês. Eu já tinha muitas faltas nas disciplinas. Poderia ser reprovado por isso. Então, Lauro perguntou como estava indo na faculdade. Eu disse que detestava algumas disciplinas, mas que estava indo bem, muitas leituras, muitas coisas sem sentido para ler, trabalhos para entregar. Depois de me ouvir, Lauro disse que voltaria no dia seguinte. Peguei a autorização de acompanhante. Passei por corredores, macas, médicos e doentes até chegar no quarto da minha avó. Era um lugar relativamente pequeno. Ela estava acompanhada de cinco pacientes, a maioria idosos. Minha avó sorriu para mim. Me senti feliz porque era um sinal de que ela havia me reconhecido. Me aproximei e dei um beijo na sua testa. Ela tentou dizer algo que eu não compreendi. Eu disse para ela repetir, e com a voz pastosa ela disse que o seu vizinho de cama tinha mostrado o pau para ela. Eu olhei para o lado e vi um senhor esquelético dormindo com a boca aberta, por um instante até achei que estivesse morto. Estava desacompanhado. *Vó*, eu disse, *se ele mostrar o pau de novo, a senhora chama a enfermeira*. Minha avó olhou para mim e disse que ele era um sem-vergonha, mas que o achou bonito, e que ele tinha dito que, quando saíssem dali, iam namorar. *Eu não sei se eu quero*, falou com dificuldade. Nesse momento, recebi uma mensagem da Jéssica perguntando como eu estava, que o Lauro tinha contado sobre o estado da minha avó. Depois que nos separamos, a gente costumava se falar às vezes. No início, foi difícil para mim, mas depois acostumei um pouco. Respondi que ela estava bem, que estava no hospital. Jéssica perguntou se podia me ligar, eu disse que sim. Fui para o corredor. Jéssica me ligou porque eu não tinha créditos para fazer chamadas. Foi bom ouvir sua voz. Perguntou mais detalhes sobre minha avó. Jéssica me ouvia interessada, às vezes fazia alguns comentários de como otimizar os cuidados com ela. Rimos quando falei que minha avó tinha dito que o senhor à beira da morte havia mostrado o pau para ela. *E se for verdade, Joaquim!? Tem que denunciar esse tarado*, ela riu.

Falei que pelas condições dele era pouco provável que tivesse forças para fazer qualquer coisa do gênero e que, além disso, minha avó parecia animada ao contar que tinha visto o pinto do vizinho. Nós rimos de novo. Aquela ligação me fez regressar à nossa cumplicidade. Não queríamos entrar em nada relativo à nossa vida afetiva atual, eu ainda não sabia se de fato havíamos nos curado um do outro. Por isso continuamos falando de coisas da faculdade. Jéssica disse que estava prestes a assinar um artigo sobre a história de intelectuais negros no Brasil. Em seguida comentei que estava atolado de trabalhos para entregar, mas que tinha lido coisas interessantes naquele semestre. Aquela ligação foi importante para mim, não só pela solidariedade de Jéssica, mas porque me fez lembrar de como era fundamental que eu não desistisse de estudar, que valia a pena seguir, ir adiante, o máximo que pudesse. Nos despedimos, eu disse: *um beijo, vamos marcar um café.*

26.

No dia seguinte, encontrei com Mayara e Saharienne no bar da faculdade. Cheguei quando falavam sobre relacionamentos. Eu estava um pouco sonolento àquela hora da manhã. Por isso não interagi, apenas fiquei ouvindo o que diziam. Mayara disse que tinha recém terminado um namoro. Peguei a conversa no meio: *eu gostava dele, mas não queria que ele jogasse toda a sua insegurança no meu colo. Eu não podia ser a mãe dele. Eu realmente gostava dele, mas eu não podia, entende? Eu sei que o idealizei. Com o tempo e a convivência percebi o quanto a sua maturidade era frágil e que a idade dele não significava quase nada. Mas, por outro lado, ele era tão gentil comigo, entende? Tão acolhedor. Tão interessado em mim. Era um homem branco, eu sei, tínhamos nos-*

sas divergências, origens diferentes, mas isso por algum tempo não foi importante. Porque, mesmo que ele não percebesse as situações de racismo que eu vivia, quando eu reclamava, quando criticava, ele parecia me apoiar, mas, ainda assim, sempre tive a impressão de que as nossas afinidades não eram suficientes, entende? Como se fôssemos duas peças de um quebra-cabeça que não se encaixavam, mas que forçamos o encaixe só porque elas eram parecidas. E às vezes penso que não há esse encaixe pleno em relação nenhuma, que sempre temos que forçar um pouco. Eu e Saharienne a ouvíamos. Eu não sabia o que dizer, porque não tinha pensado muito sobre a diferença de cor entre mim e Elisa e no modo como isso influenciava a nossa relação, digo, talvez eu tivesse até pensado, mas não de maneira profunda. Agora era Saharienne que tinha começado a falar: *quando a gente se relaciona com um homem branco, a gente não tem que lidar com uma série de coisas justamente porque eles não dizem tudo que pensam sobre nós. Eles não dizem que muitas vezes acham que exageramos sobre a lógica do racismo. Não dizem que nos objetificam, que nos fetichizam, que acham uma bobagem toda essa história que temos com o nosso cabelo. Não dizem o que pensam porque têm medo de nos magoar, ou por terem medo de ser acusados de racismo. Usam a gentileza como filtro, e sinceramente não acho que isso seja ruim, porque a gente precisa, em algum momento, ser bem tratada*, ela disse. *Os homens brancos, quando se apaixonam por nós, são assim. É diferente quando nos relacionamos com um homem negro.* Nesse momento Saharienne olhou para mim como que me convocando a prestar atenção, *pois a afinidade parece ser instantânea, os dois têm a mesma cor, partilham de uma visão de mundo negra. Existe uma cumplicidade ligada a um universo que também é marcado pela violência, pelo racismo, pela falta de estrutura familiar. Nesse caso, não há o filtro da gentileza, entende? Já um homem negro tem que lidar com os seus traumas e você com os dele.*

Os homens negros não vão esconder o que há de pior neles, simplesmente porque não conseguem. Jogam tudo nas suas parceiras, como se elas tivessem estrutura pra acolher. E tudo fica pesado demais. Por isso digo que no fim das contas é sempre a gente que se fode. Porque não temos quem nos acolha verdadeiramente. Saharienne tornou a me olhar e disse: *desculpa, Joaquim, não sei como você é nos seus relacionamentos, mas é isso que eu penso*. Ao escutar aquilo, lembrei de Jéssica e de como me comportava com ela. As duas ficaram me olhando, esperando que dissesse alguma coisa. Mas eu não disse. Olhei para o relógio e falei que precisava ir.

27.

Passei outra noite no quarto com minha avó. Ouvi gemidos esporádicos dos pacientes que estavam por ali. Minhas costas doíam. Talvez a cadeira desconfortável sirva para que os acompanhantes tenham alguma noção do que o enfermo está passando, como se pudéssemos nos sentir um pouco doentes também. Elisa me mandou uma mensagem querendo saber como minha avó estava. Eu a atualizei. Em seguida disse para eu me cuidar, que agora ela precisava ir dar aula e que depois ia sair com os colegas para comer algo. Ao ler aquela mensagem, eu tive vontade de jogar o celular no chão. Meu ciúme tinha voltado com força. Respondi apenas com um *divirta-se*. Ela me mandou um beijo. Eu desliguei o celular. Tudo à minha volta era um show de horrores: eu estava sem dinheiro, desempregado, minha avó internada, minha namorada com aqueles colegas idiotas dela. Eu sem nenhuma vontade de ir para a universidade. Conferi o celular novamente, com alguma esperança de que Elisa tivesse me enviado outra mensagem. Mas nada. Eu estava com fome. Desci e fui a um caixa eletrônico sacar dinheiro. Eu tinha exatos vinte e sete reais e noventa centavos. Saquei dez reais e fui atrás de um cachorro-quente. Achei um por quatro reais, com duas salsichas. Comi ali mesmo, na frente do hospital. Já com o estômago cheio, tomei coragem e mandei uma mensagem para o Lauro pedindo cinquenta reais. Era para comprar comida, e o pouco que sobrasse, para minhas passagens de ônibus. Na verdade, eu já estava devendo pelo menos uns duzentos reais para ele. Eu sabia que ele era tão fodido quanto eu, mas pelo menos ele tinha um emprego, quer dizer, um estágio, portanto tinha um salário que caía na sua conta todo mês. Ele não respondeu. Subi para o quarto onde minha avó estava. Tia Julieta chegou e disse que, se eu quisesse, podia ir para casa descansar que ela me substituiria. Foi o que fiz. Andei até a parada de ônibus. Estávamos no outono, o calor já não nos acossava. E era possível pelo menos manter um pouco de dignidade. Peguei dois ônibus. Um até a avenida Protásio Alves, e outro até Alvorada. Enquanto esperava, recebi a mensagem de Lauro dizendo que podia me emprestar cem reais. Lauro era assim, sempre generoso. Me ofereceu mais do que eu havia pedido. Eu aceitei. Ele disse que passaria no hospital mais tarde para me levar o dinheiro. O ônibus chegou e me senti mais animado. Incrível como ter dinheiro, um pouco que seja, mexe com nosso humor. Cheguei em casa e fui direto para o banho. Me sentia sujo, precisava da água quente no corpo. Depois comecei a massagear meu pau, não pensei em Elisa, mas em Paola. Imaginei-me saindo do banho, minha toalha caindo sem querer, e ela vindo me ajudar e depois se ajoelhando na minha frente e começando a me chupar. Eu tive dificuldade para continuar porque vinha um cheiro de fio queimado do chuveiro, eu meio que tinha de ficar regulando o tempo para que aquilo não queimasse na minha cabeça. Não demorou e o chuveiro queimou. Saíram faíscas e alguma fumaça de dentro dele. Me arrependi de ter ficado tanto tempo no banho. Mais uma coisa para comprar. Além disso, tinha a conta da luz que sempre nos dava um susto. O Caminhão me disse uma vez que era para a gente fazer um "gato" no poste. *Vale muito a pena.* A gente paga uns quinze reais de luz, ele disse. Pensei que seria uma boa fazer isso. Enquanto me vestia, comecei a pensar no que mais dava para economizar. Cogitei em ir ou voltar a pé da faculdade duas vezes por semana. Parar de tomar cafezinho no bar da letras também era uma boa. Talvez eu devesse mesmo era esquecer toda aquela história de escrever. Também não me via como professor. Não era a minha vontade, embora Saharienne tivesse me dito que bastava começar a dar aulas para se acostumar. Talvez fosse uma saída, pensei. Mandei uma mensagem para o Lauro agradecendo novamente o empréstimo, disse que pagaria assim que pudesse. Depois mandei outra perguntando se já haviam aberto as entrevistas para o emprego no call center. Todas aquelas atitudes evitavam que eu sentisse pena de mim, o que poderia ser o meu fim, digo, poderia me colocar num lugar onde eu não queria estar. Mas essa minha postura não me livrava da raiva. Como era possível, eu pensava, que eu não tivesse o mínimo de condições para continuar na faculdade. Eu me sentia solitário, porque na universidade a maioria dos meus colegas cotistas tinham receio ou vergonha de se identificar como cotistas, tinham receio de sofrer algum tipo de retaliação da parte dos professores ou dos próprios colegas. Então ninguém procurava ninguém. Às vezes eu me sentia triste e percebia que aquele sentimento de liberdade de poder fazer o que quisesse com a minha vida era falso, ou só funcionava quando eu estava à beira de um penhasco, ou em cima de uma mureta no décimo quinto andar. Me levantei, porque lembrei que precisava escrever um ensaio sobre a *Odisseia* usando a *Poética* de Aristóteles como suporte teórico, eu não tinha o menor saco para aquilo. Mesmo assim, peguei as cópias e os polígrafos e levei-os para a mesa, a fim de me sentir menos culpado. Fiquei debruçado em cima deles por meia hora, até que meu estômago começou a dar sinais de que eu precisava comer de novo. Fui à geladeira. Fazia dias que tia Julieta não cozinhava. Havia um resto de feijão que estava com um cheiro duvidoso e um pouco de carne moída que parecia boa. Fiz o arroz e deixei o feijão de fora. Depois liguei a TV enquanto fazia a digestão. Assisti a um capítulo de uma novela reprisada, no *Vale a Pena Ver de Novo*. Senti um pouco de sono. Olhei o celular, já era hora de voltar para o hospital. Tia Julieta precisava descansar. Peguei uns livros e os polígrafos para rascunhar meu ensaio. Levei também o segundo volume de *Em busca do tempo perdido*. Eu tentava ler Proust mais por consideração ao Sinval. A presença dele havia diminuído em minha vida, mas era com aqueles livros que eu o resgatava na memória. Às vezes tinha vontade de procurá-lo, sabia que ele havia adoecido e fechado o sebo. Na verdade, eu tinha medo de encontrá-lo debilitado. Acho que não suportaria vê-lo assim.

28.

Cheguei no hospital perto das sete. Tia Julieta estava visivelmente cansada. Me deu um beijo, depois me entregou um envelope. *Toma, o Lauro deixou pra você.* Disse também que no dia seguinte minha avó teria de fazer uns exames mais invasivos, mas que o médico dela estava otimista e que dali a alguns dias ela ia poder voltar para casa. Ainda que houvesse a recomendação de que contratássemos um profissional para cuidar dela ou a internássemos numa clínica. Eu e tia Julieta sabíamos bem que nenhuma das alternativas era possível. Minha avó agora passava grande parte do tempo dormindo por causa dos remédios. Quando estava acordada, dizia algumas coisas sem sentido. Ou falava mal dos médicos, das enfermeiras, e do namorado que não mostrava mais o pau para ela. Eu tinha a impressão de que, cada vez que eu a olhava, minha avó diminuía de tamanho. Estava mais frágil, como se fosse quebrar a qualquer momento. Nem todos os pacientes daquele quarto tinham acompanhantes. Era triste ver sua solidão. Na hora do jantar, ajudei minha avó a comer. Ela quase sempre deixava escapar um pouco de comida pelo canto da boca. Eu a limpava como um pai faz com uma filha pequena. Depois tentei conversar com ela, mas sem muito sucesso. Recebi uma mensagem de Saharienne dizendo que ficara sabendo de dois outros concursos de contos em que eu poderia me inscrever. Um era promovido por uma universidade do Paraná, não tinha prêmio em dinheiro, mas uma publicação numa antologia com os melhores textos. O outro já era mais difícil, era um concurso em Portugal, em parceria com países africanos de língua portuguesa e com o Brasil. O prêmio era interessante porque, além da publicação do conto numa antologia, o ganhador de cada país viajaria para Portugal e participaria de uma feira literária. Ela me mandou os links. Agradeci a Saharienne e disse que ia ler os editais. Depois perguntei em que dias da semana ela estaria no campus para tomarmos um café. Ela disse que estaria por lá às quintas e sextas, na parte da tarde, e completou dizendo que ia ver se o Gladstone também poderia ir. Ficamos conversando por mensagens mais um tempo. Aos poucos eu me sentia mais próximo deles que de meus antigos amigos. Mandei uma mensagem para Elisa, perguntando como ela estava, e terminei dizendo que sentia saudades dela. Elisa respondeu quase que instantaneamente. Disse que também estava com saudades, que tinha muitas coisas para entregar da faculdade, mas que queria me ver. Disse que estava indo a um jantar. *O Peruano organizou um churrasco para o pessoal.* Elisa perguntou se eu não queria ir. Respondi que não porque não podia deixar minha avó sozinha. Foi só nesse momento que Elisa perguntou como ela estava. Mas foi uma pergunta burocrática, ela não parecia interessada em saber. Paramos as mensagens logo em seguida, porque ela precisava ir ajudar no churrasco, me desejou boa-noite. Eu também desejei boa-noite e disse que no dia seguinte daria um jeito de vê-la. Guardei o telefone. Abri a mochila e peguei os livros que havia trazido. Desisti de ler a *Poética* do Aristóteles. Na verdade, eu estava entregando os pontos. Certamente não ia conseguir terminar ensaio nenhum. Puxei À *sombra das raparigas em flor*. Tentei me acomodar o mais confortavelmente possível naquela cadeira. Mas ela era dura demais para se ficar muito tempo na mesma posição, o que de certo modo foi bom para ler Proust. Digo isso porque logo de cara você percebe que *Em busca do tempo perdido* é repleto de dispositivos soníferos: a linguagem polida, o vocabulário, as frases longas, as intermináveis descrições ou ainda as divagações filosóficas. Em pouco tempo eu entendi que a escrita de Proust nos obrigava a ficar quietos. Sua escrita nos obrigava a entrar numa dimensão que não era a da pressa, mas a da lentidão. Eu apreendia muito pouco do que aquele narrador queria dizer. Após quinze minutos, já me sentia cansado e com sono. Pensei em fechar o livro e desistir. Mas resolvi que tinha de fazer alguma coisa que me desafiasse. Olhei para aquele quarto de hospital, olhei para minha avó que parecia estar morrendo e pensei que deveria fazer algo. Como uma afirmação de vida. Abri novamente o livro. A partir dali travei uma luta corporal contra o sono. Eu sabia que precisava passar pela barreira das primeiras páginas. A cadeira desconfortável me ajudava a não dormir. Aos poucos fui compreendendo o contexto: a importância da família Swann, a praia na Normandia e toda a atmosfera aristocrática. No entanto, o que mais chamava minha atenção não era a trama em si, mas justamente a capacidade de Marcel, o narrador, de nos fazer olhar para as coisas mínimas, para as coisas desimportantes, quando, por exemplo, ele recebe a carta de uma moça chamada Gilberte, por quem é apaixonado. Uma carta que, na verdade, é apenas um bilhete convidando-o para tomar um chá com algo que me fez pensar nos bolinhos que minha avó via na casa das clientes ricas. Eram palavras cordiais e gentis, que não significavam nada mais do que um convite. Portanto, o que interessava não era o bilhete em si, mas a reverberação daquelas palavras no narrador. Mais adiante, ele refletia que nosso cérebro não apreende de imediato as palavras escritas num papel, mas, quando Marcel termina de ler o bilhete, as palavras saltavam da carta e ocupavam seu pensamento até se tornarem um *objeto de sonho*. Era nesse momento que o narrador tinha consciência de que estava feliz, e que a vida estaria semeada desses milagres quando estamos apaixonados. Alegrei-me por ele, e também por mim. Por conseguir chegar àquele entendimento. Além disso, eu tinha conseguido vencer meu sono. Quando olhei para o lado, o vizinho da minha avó parecia estar se masturbando por baixo do lençol, ou só estava tentando, porque ele estava fraco demais. Em seguida, ele adormeceu. Uma senhora mais ao fundo do quarto soltava uns gemidos de dor de vez em quando. Mais próximo à porta, um acompanhante, um homem negro e alto, roncava em cima de uma daquelas cadeiras duras e, quando se engasgava ou quase caía da cadeira, parava de roncar. Esperei um pouco e segui com a leitura. Parágrafos depois, deparei com outra cena que me chamou a atenção: quando Marcel lembra de um encontro com Gilberte, os dois jovens estão numa janela, o vento bate no rosto deles e o narrador sente a ponta das tranças de Gilberte roçando em sua face. Descreve os fios da trança como naturais e ao mesmo tempo sobrenaturais, como uma espécie de *folhagens de arte*, e diz que poderiam servir de matéria-prima para *as relvas do paraíso*. Nesse momento, fechei o livro. Achei a descrição bonita e terna, mas então olhei à minha volta, aquele quarto de hospital público decadente, minha avó à beira da morte e pessoas abandonadas por seus parentes. Tive vontade de chorar. Me comovi porque toda aquela delicadeza de Proust, toda aquela forma de perceber a beleza, nada podia contra a brutalidade que se apresentava para mim. A inutilidade daquelas palavras contrastava com a realidade, e aquilo me magoava. Pensei que poderia ler aqueles trechos em voz alta para minha avó na tentativa de que ela pudesse viver a mesma experiência que eu. E talvez salvá-la por alguns minutos da tragédia que fora a sua vida. Mas depois achei ridícula minha ideia. Porque eu não estava num filme, ou num livro. Aquilo não era literatura. Era a vida sendo a vida com toda a sua força e violência. E me dei conta de que eu não estava lendo aquele livro para dar sentido à minha existência ou à existência da minha avó, eu lia simplesmente porque era terno. Era por isso que me sentia culpado. Como se eu não tivesse direito ao encanto. Precisei sair do quarto. Eu não estava bem. Caminhei pelos corredores. Peguei o elevador, fui para o térreo. Ganhei a rua. Já passava da meia-noite. Eu precisava respirar sem sentir cheiro de hospital. Escrevi uma mensagem para Elisa perguntando se ela estava acordada, mas apaguei. Não queria que ela pensasse que eu a estava controlando. Dei uma volta pelo quarteirão. Queria achar algum bar aberto para tomar uma cerveja que fosse. Mas não encontrei. Na volta pensei em mandar uma mensagem para Jéssica. Cheguei a pegar o celular. Também desisti, porque pensei: que merda de vida era aquela em que não conseguia lidar com minha própria solidão? Eu tinha dificuldade de estar só e pensei o quanto aquilo era imaturo. Aonde você quer chegar com isso, Joaquim? Até onde você vai com isso? Voltei para o hospital. Uma enfermeira estava no quarto para ver um paciente. Eu a cumprimentei. Tive vontade de puxar conversa com ela. Era uma mulher branca, corpulenta, devia ter uns quarenta anos. Perguntei se ela sempre trabalhava naquele horário, ela disse que sim, mas que estava voltando de férias. Pareceu gentil, levando em consideração todo aquele contexto. *Sua avó está melhorando*, ela disse, *em dois ou três dias poderá voltar pra casa*. Eu sorri. Depois ela passou para outro paciente, conversou alguma coisa com o acompanhante e saiu. Ajeitei-me na cadeira dura. Guardei *Em busca do tempo perdido* na mochila. Demorei um pouco para pegar no sono.

29.

Três dias depois minha avó recebeu alta. Nós sabíamos que seria mais difícil agora, sabíamos que o ideal seria interná-la numa clínica, já que não tínhamos condições de cuidar dela. Minha tia estava cansada. Eu estava cansado. Era triste ter que admitir isso, mas o prolongamento da sua vida estava transformando a nossa num inferno. Além do mais, a falta de dinheiro e nenhuma perspectiva de trabalho deixavam as coisas mais difíceis. Mesmo assim, decidi voltar ao meu conto. Reli toda a história tentando ser o mais imparcial possível, tentando identificar trechos, frases ou palavras que pudessem enfraquecê-la. Eu lia e achava tudo uma merda e logo me vinha a voz de Sinval dizendo para escavar o texto. Mas escavar o quê? Depois eu relia de novo alguma passagem e achava quase genial, e pensava: como aqueles jurados não perceberam o quanto este texto é bom? Abandonei o conto por um tempo. Fui ler outra coisa. Saharienne tinha me recomendado *Terra estranha*, do James Baldwin. Comecei a ler e rapidamente fui capturado. Era um texto fluido e inteligente. Em poucas páginas já se podia entender o contexto da história: um músico negro chamado Rufus, em plena decadência, nos anos 1930, nos Estados Unidos. A dinâmica do racismo. A ilusão do sonho americano. Fiquei entusiasmado. Dias depois, voltei a escrever, e me propus a mudar a voz narrativa. Tirei de uma terceira pessoa e passei para a primeira, a perspectiva de uma adolescente que não entende por que tem que ficar presa numa casa, e que nunca recebe uma resposta do pai religioso e repressor. Fiquei mexendo no conto mais alguns dias. Revisei por minha conta e decidi participar dos concursos indicados por Saharienne. O primeiro era fácil, pedia que os originais fossem enviados por e-mail. Portanto, não teria custo. O segundo já era mais complicado, porque o edital exigia que fossem enviadas cinco cópias impressas do conto, apenas com o pseudônimo, num envelope único. O endereço: Lisboa. Fui pesquisar quanto isso me custaria. Só o número de cópias ia dar quase quinze reais. E, quando vi os valores do Sedex, quase caí para trás. Eu estava fodido, não podia gastar uma fortuna daquelas. Sentei-me no bar da faculdade de letras. Não demorou e Gladstone e Saharienne chegaram. Eu disse a eles que tinha decidido mandar meu conto para os concursos, mas que havia esbarrado na falta de dinheiro para enviá-lo ao de Portugal. Os dois lamentaram. Depois Saharienne perguntou até quando eu poderia enviar o conto. Eu disse que as inscrições se encerrariam em duas semanas. Ela olhou para cima como se estivesse buscando uma solução. Então disse que tinha um colega que trabalhava como estagiário no Departamento de Estudos Portugueses e Línguas Clássicas. *Eu sei que ele está sempre indo ao correio levar correspondência, quem sabe ele não pode pôr o seu envelope junto sem querer*, disse ela fazendo o sinal de aspas com os dedos. Gladstone disse que aquilo não seria ético, e tanto eu quanto Saharienne tivemos dúvidas se ele estava debochando ou falando sério. Saharienne disse que falta de ética era ter que pagar uma grana daquelas para participar de um concurso. Ela disse aquilo de um jeito engraçado e rimos todos. Saharienne disse que ia ver com ele. Depois, fui caminhando do campus até a casa de Elisa. Tínhamos marcado de nos encontrar à tarde. Quando cheguei, ela estava debruçada sobre livros e polígrafos. Demos um selinho. Ela perguntou como minha avó estava, eu disse que estava melhor, mas que era sempre um dia de cada vez. Depois falei dos concursos. Elisa respondia tudo com um *aham* tentando parecer interessada, mas era visível que minha presença ali não a mobilizava para me dar atenção exclusiva. Quando ela começou a falar, trouxe as reclamações dela, que havia discutido com Ana Clara, porque a mãe era uma irresponsável, que era um absurdo uma mulher da sua idade não conseguir se virar sozinha. Então se pôs a falar dos trabalhos que ainda precisava entregar e, enquanto ela falava, eu me dei conta de que não transávamos fazia quase duas semanas. Porque estávamos no final do semestre, ou porque eu estava na função do hospital com minha avó, ou porque não tínhamos mais tanto tesão um no outro. Ela passou a falar da escola, e deve ter falado no Philip umas três ou quatro vezes. Ela não falava exatamente dele, mas sempre incluía seu nome em alguma história. A gente sempre sabe quando as coisas vão mal, mas, quando somos jovens, ignoramos os sinais, porque não achamos que eles valem tanto assim. Minha relação com Elisa tinha já quase um ano, mas parecia que fazia muito mais tempo que estávamos juntos, tínhamos vivido tantas coisas. Parecíamos um casal antigo, cansados um do outro. Fiquei alguns dias sem aparecer na faculdade. Eu já estava resignado com o fato de que iria perder o semestre pelo menos em duas disciplinas: Elementos Linguísticos I e Leituras Orientadas I. Nas outras, eu tinha conseguido entregar trabalhos e participar de seminários. Entreguei meu artigo final para a disciplina de Literatura Ocidental. Fiz questão de entregar algo bom para Moacir Malta. Fiz uma análise da *Odisseia*, mas sem usar a *Poética* de Aristóteles, porque eu não tinha conseguido ler. Escrevi uma análise mais pessoal, inseri observações minhas, fiz uma espécie de diário de leitura. Achei que era original e que poderia ser muito mais útil do que fazer o que todo mundo faria. Lembro de ter entrado no curso com tanta vontade. Como se fosse minha única chance na vida. Mas os problemas externos me tomaram de tal maneira que a universidade se tornou grande demais para mim. Na verdade, eu comecei a desenvolver raiva e ao mesmo tempo inveja dos meus colegas que podiam ter crises existenciais, que podiam trancar o curso, ou mesmo desistir dele. Eu achava aquilo tudo muito injusto. Quando terminei de escrever os últimos trabalhos, me senti aliviado. Fazia uma semana que eu e Elisa não nos víamos, só falávamos por mensagens. E era sempre eu que dizia estar com saudades. Ela retribuía, mas nunca me parecia estar na mesma vibração. Eu e Elisa tínhamos combinado que sairíamos no fim de semana, iríamos a uma boate nova, que tinha sido inaugurada no Moinhos de Vento. Não era exatamente o tipo de lugar que eu costumava frequentar, além disso eu sabia que os colegas da escola dela estariam lá, incluindo o Philip, mas o que importava era estar com ela. Elisa chegou a comprar um vestido novo, fez as unhas e o cabelo. Eu tentei descolar uma roupa no camelô. Usei parte da aposentadoria da minha avó para isso. Acontece que, no dia marcado, minha avó teve uma febre repentina e reclamou de dores abdominais. Tia Julieta não podia ficar com ela, porque estava gripada e não queria contagiar minha avó. Não tive coragem de pedir ao Lauro que ficasse com ela, não teria tanta cara de pau para deixá-lo cuidando da minha avó enquanto me divertia numa boate com minha namorada. Já passava das sete da noite quando decidi mandar uma mensagem para Elisa dizendo que não iria mais sair, pois tinha que ficar cuidando da minha avó, que não estava bem. Elisa não respondeu. Esperei quinze minutos, e nada. Eu não tinha créditos no celular, mas tinha um cartão telefônico, com vinte unidades. Na esquina de onde morava, havia um telefone público. Liguei para

Elisa. Ela atendeu. Perguntei se estava tudo bem, pois ela não havia respondido minha mensagem. Elisa disse que não tinha visto porque estava terminando de se arrumar, mas que tinha acabado de ler. *Então você não vem?* Eu disse que queria muito, mas não podia deixar minha avó sozinha. Elisa perguntou o que ela estava sentindo. Listei todos os sintomas que ela me descrevera, e falei que não era o caso de interná-la novamente, mas apenas de ficar monitorando. Elisa fazia uns silêncios. Eu tinha certeza de que ela estava desapontada. Minha desconfiança se confirmou quando ela disse que já estava pronta para sair. Pensei em dizer que ela fosse sem mim, para mostrar que confiava nela, que não tinha ciúmes, seria um ato maduro, pensei, mas a imagem de Elisa se divertindo, dançando e bebendo enquanto eu cuidava de minha avó doente me doía e fazia aflorar meu ressentimento. Então, após algum silêncio eu perguntei se ela iria. *Estou pensando em ir*, ela disse. Olhei para o visor do telefone público, já havia gastado a metade dos créditos, eu tinha no máximo mais uns cinco minutos para falar com ela. *Eu sei que você quer ir*, eu disse. Mais silêncio. Elisa disse que precisava sair, que não aguentava mais aquela vida sem nenhum tipo de diversão. Foi a minha vez de ficar em silêncio. *Olha, Joaquim, eu não tenho culpa que a sua avó tenha ficado doente, eu marquei com meus amigos também. Eles estão me esperando*, ela disse. *Agora eles são seus amigos? Achei que fossem colegas*, falei. Elisa não respondeu minha provocação. Apenas disse que já estava arrumada e iria de qualquer modo. *Pode ir*, falei, *e divirta-se!* Desliguei o telefone. Elisa ligou para meu celular. Discutimos mais um pouco. Era uma situação estressante. Não havia clima nenhum para sair naquela noite. Nos ofendemos. Mas o fato é que éramos fracos demais para pôr um fim naquilo. Não tínhamos coragem de terminar aquela relação que havia muito já não funcionava. Então, depois de algum tempo, já cansados, pedimos desculpas um ao outro. Dissemos que nos amávamos. Elisa admitiu que eu tinha razão, que ela estava sendo egoísta. E que, portanto, não iria sair mais, ia trocar de roupa, ler um pouco antes de dormir. Eu disse que faria o mesmo, mas que, se ela quisesse, poderia me ligar mais tarde. Ela disse que ligaria. Avaliei que havia sido bom ter dito tudo o que eu pensava. Mas me senti culpado. Fui ver como estava minha avó. A febre persistia, mas tinha diminuído. Tentei ler, peguei no sono rapidamente. Acordei às duas da manhã com o livro no peito. Apenas pousei o livro no chão e tornei a dormir.

30.

No dia seguinte, recebi uma mensagem de Saharienne dizendo que tinha conversado com o colega dela, e que ele conseguiria mandar minha correspondência junto com as do departamento, que não teria custo, era só eu imprimir meu texto. Fiquei contente. Agradeci. Mas eu tinha pouco tempo. Era o último dia para mandar, pois no edital dizia que o que contava como data era o dia da postagem. Fui ver como estava minha avó. A febre havia passado. Dei o café da manhã a ela. Eu precisava ir procurar um lugar bem barato para imprimir meu conto em cinco vias. Saí de casa quase às onze horas. Passei pelo bar do Neto. O Juca estava lá em frente, veio falar comigo, disse que eu andava sumido. Falei que era por causa das coisas da minha avó e da faculdade. Ele disse que tinha conseguido um emprego num hipermercado, que os caras pagavam bem mais. Disse que, se eu quisesse, poderia me indicar. Respondi que queria, mesmo sem ter a mínima vontade de trabalhar em supermercado. Quando estávamos nos despedindo, o Caminhão chegou. Contou que tinha dado umas bandas na noite anterior e que havia conhecido uma garota branca, que morava em Higienópolis. Disse que ela o tinha levado para uma festa com um monte de playboy. E acrescentou: *aliás, eu vi tua mina nessa festa*. Eu arregalei os olhos. *Ela tava com uma galera, uns gringos, acho*. Aquela informação me levou de volta para o inferno. Perguntei de que jeito eles estavam. *Olha, meu, eu não fiquei prestando muita atenção, porque eu já tinha bebido, tá ligado?, mas eles tavam de risadas e muito próximos. Eu não vi eles se pegando, mas davam a entender que estavam juntos.* A informação foi suficiente para que eu disparasse para a casa de Elisa. Queria ver se ela teria coragem de negar que tinha saído e ficado com aquele idiota. Eu não conseguia pensar em mais nada. Não fui imprimir as cópias do conto. Estava movido pela vontade de confrontá-la. De comprovar o quanto ela era mau-caráter. Não sei como cheguei tão rápido na casa dela. O portão estava apenas encostado. Entrei, ao fundo vi o Peruano conversando com algum estudante. Bati na porta com relativa força. Esperei por alguns instantes. Bati de novo, dessa vez gritei o nome dela. Nada. Então fui atacado por um pensamento mais perturbador: e se ela não tivesse voltado para casa? Peguei o celular e mandei uma mensagem perguntando onde ela estava. Nenhuma resposta. Então ouvi a porta se abrir. Era Paola. Quando a vi, pedi desculpas por bater e gritar daquele jeito e perguntei se a Elisa estava em casa. Ela não soube dizer, porque tinha recém acordado, mas falou que a porta do quarto dela estava fechada. *Entra*, ela disse, *bate lá*. Não bati na porta, apenas coloquei a mão na maçaneta e abri. Quando entrei, Elisa, que estava deitada, se assustou. Depois sentou na cama, disse meu nome. Perguntou o que tinha acontecido, o que eu estava fazendo ali àquela hora. *Aconteceu alguma coisa com a sua avó?* Eu estava tão desorientado que todas as frases que saíam da sua boca me soavam sarcásticas. Então, sem meias-palavras, perguntei se ela havia saído na noite anterior. Elisa me olhou com uma cara de *ah, então é isso*. Se recompôs, sentou-se melhor na cama e me pediu que também sentasse. Eu disse que estava bem de pé e pedi que ela respondesse. Elisa não negou, disse que realmente tinha decidido que iria ficar em casa, mas que depois ficou pensando que não tinha nada de mais ela ir, porque já estava toda arrumada, e que ela não tinha que pedir permissão para nada, porque, mesmo que fôssemos namorados, a gente era livre para fazer o que quisesse. Eu não aguentei aquela última frase e disse que sim, *você é livre para fazer o que quiser, até para me trair com aquele idiota do Philip*. Elisa me olhou surpresa: *mas do que você está falando, Joaquim? Eu sei que vocês saíram juntos ontem*, eu disse. *Eu sei de tudo*, completei, ofendido. Elisa se calou e vi que seus olhos estavam marejados. Depois murmurou que não tinha feito nada de errado, que ela só queria se divertir. Eu, ainda com raiva, disse que ela e o Philip deviam ter se divertido muito rindo de mim. Elisa, baixando a voz, disse: *para com isso, Joaquim, não foi assim, eu não saí com ele, saímos todos juntos, meus amigos da escola também estavam lá*. Olhei para Elisa com desprezo. *Teve gente que te viu com ele. Não precisa mais mentir*. Agora o choro de Elisa aumentara um pouco mais. E ela dizia entre soluços que a gente não podia mais continuar daquele jeito. Eu tentava conter minha ira por ser mais uma vez enganado, mas já era tarde: peguei o abajur que estava numa prateleira e o arremessei no chão. O abajur se espatifou. Ficamos os dois olhando para os cacos. Ouvimos batidas na porta, era Paola perguntando se estava tudo bem. Elisa gritou que sim. Depois olhou para mim e disse para eu sair do quarto e nunca mais aparecer na frente dela. Que ela não ia tolerar uma agressividade daquelas. Por um breve momento pensei em pedir desculpas, mas estava tão exaltado que não consegui dizer nada. Para mim era claro que os dois estavam tendo alguma coisa. Saí depressa. Passei na frente da casa de Iarema. Tufão estava deitado próximo ao portão, e foi a primeira vez que não latiu para mim. Apenas levantou a cabeça, me observou, depois virou para o outro lado. Caminhei a esmo pelo bairro pensando em como tinha sido idiota. Foi quando recebi a mensagem de Saharienne perguntando se tinha conseguido imprimir as cópias do conto. Eu havia esquecido completamente daquilo. Um desânimo tomou conta de mim. Não respondi, ainda assim Saharienne mandou outra mensagem dizendo que poderia imprimir, era só eu mandar o texto por e-mail para ela. Respondi agradecendo e disse que mandaria quando chegasse em casa, pois tinha que achar uma lan house. Eu precisava ir para casa. Andei até a parada de ônibus. Fui o caminho inteiro pensando o quanto tinha sido imbecil, como tinha deixado as coisas chegarem naquele nível. Em casa, peguei as poucas fotos impressas que tínhamos juntos, rasguei, coloquei tudo na pia da cozinha e ateei fogo. As labaredas ficaram altas e vigorosas e não me importei se acontecesse delas fugirem ao meu controle. Que a casa inteira pegasse fogo e eu morresse queimado. Era uma visão dramática e exagerada, mas era o meu modo de lidar com a coisa. Do quarto minha avó gritou perguntando que cheiro era aquele. Depois de ver as cinzas na pia, me senti um pouco melhor. Saí procurando uma lan house pelo bairro, e não foi difícil achar, mas os computadores não eram de boa qualidade, muito menos o sinal de internet. Eu tinha salvado o texto no meu e-mail. Quando dei o comando para enviar a Saharienne, o computador travou. A tela simplesmente congelou. Chamei o seu José, o dono da lan house. Ele coçou a cabeça e disse que ia ter que reiniciar, que poderia demorar um pouco. Eu perguntei se podia usar outro computador. Ele disse que eu ia ter que esperar, porque duas máquinas estavam em manutenção, e manutenção para o seu José significava esperar aparecer um guri esperto que entendesse daquelas coisas em troca de uns pilas. Os outros computadores estavam ocupados. Eu pensei em desistir de toda aquela merda, ir para o bar e beber alguma coisa. No entanto, eu não queria ser indelicado com a Saharienne. Esperei por trinta minutos até o computador voltar a funcionar. Entrei novamente nos meus e-mails e consegui enfim mandar o conto para ela. Em seguida enviei uma mensagem dizendo que havia encaminhado e agradeci a gentileza. Saharienne me respondeu que ia ter que correr com a impressão porque o malote para o correio já ia sair. Fui para o bar. Não encontrei nem o Juca nem o Caminhão. Bebi duas latas de cerveja e voltei para casa. Deitei no sofá e ainda tinha a esperança de receber alguma mensagem de Elisa. Mas nada. No fundo, eu sabia que aquele era o nosso fim. Eu sabia que nada do que fizéssemos daria certo. A mágoa era demasiadamente grande para voltarmos atrás.

31.

No fim da tarde recebi uma mensagem de Saharienne dizendo que até havia conseguido entregar as cópias do conto para o colega dela, mas que o malote acabou saindo depois da data-limite. *Sinto muito, Joaquim*, ela dizia, no fim da mensagem. Talvez aquilo fosse um sinal bastante claro de que eu deveria parar com aquela ideia idiota de me tornar escritor. Voltei para o bar do Neto, passei o resto do dia bebendo com o Juca e o Caminhão. Comecei com cerveja e depois fui para a cachaça, que era mais barata. Falei mal de Elisa para eles e, entre uma tacada e outra, eles concordaram comigo, dizendo que eu não tinha nada a ver com aquela patricinha branquela. Continuei bebendo. Entrei no estado em que já não sabia o que tinha no meu copo. Saí do bar tarde da noite, eu não queria ir para casa, porque não queria ter de enfrentar minha avó. De certo modo eu sentia raiva dela. Pensava como seria minha vida se eu não tivesse mais que cuidar dela, que por causa dela eu não tinha uma vida que um jovem da minha idade deveria ter. Que meu namoro com Elisa poderia ter dado certo se eu não tivesse que limpar a bunda da minha avó. Cheguei bêbado e desorientado. A casa estava às escuras, tentei acender a luz, mas não sei dizer se tinha faltado luz ou se a luz tinha sido cortada por falta de pagamento. Do quarto da minha avó, eu ouvia sua voz, como se ela estivesse conversando com alguém. Quando me aproximei, ela começou a me chamar de Marcelo e a dizer que eu não prestava. Entretanto, para mim aquilo também estava confuso, porque tive a impressão de vê-la em pé, ao lado da cama, dizendo uma série de xingamentos. Dizia que precisava que eu desse um banho nela. Me exigia comida e novamente me chamava de Marcelo. Depois, veio a imagem de Elisa rindo com Philip, em seguida outra imagem, a dos meus colegas da universidade também rindo de mim. Ao mesmo tempo eu escutava as gargalhadas da minha avó. Foi quando tentei sair do quarto. Eu não encontrava as chaves para sair de casa. Não lembrava onde estavam. Voltei para o quarto e perguntei aos berros onde estavam as chaves. Minha avó ria. Parei na frente dela, olhei para sua boca escancarada, vi seus poucos dentes. Empurrei-a na cama. Usei as duas mãos para apertar sua boca com toda a força. *Chega, chega, chega, eu não quero mais isso, sua velha desgraçada.* E, por mais que eu apertasse, o grito parecia atravessar minhas mãos. Eu queria acabar logo com aquilo. Apertei mais forte. Até que, depois de algum tempo, o grito cessou. Meu corpo enrijeceu. Eu senti vontade de vomitar. Saí do quarto tropeçando. Encontrei as chaves no chão. Ganhei a rua. Caminhei a esmo. Depois peguei um ônibus, e por algum motivo fui parar na porta da casa do Gladstone. Ele morava num sobradinho no bairro São Geraldo. Era uma zona perigosa, segundo ele. Tráfico de drogas, prostituição e assaltos. Lembro de ter batido na porta, mas eu estava confuso e talvez tivesse errado de casa. Desisti porque o cansaço me venceu. Sentei na soleira da porta e adormeci ali mesmo.

32.

Quando o dia amanheceu, Gladstone abriu a porta e me ajudou a entrar, eu ainda estava sob o efeito do álcool. Ele me pôs no sofá, perguntou se eu estava bem. Eu disse que sim e então apaguei novamente. Eu já tinha vivido algumas ressacas, mas uma igual àquela era a primeira vez. A sensação de morte estava presente. Quando recobrei a consciência, me desesperei. Gladstone estava na cozinha, passando um café. Ele dividia o sobradinho com três pessoas. Quando ele chegou na sala, voltou a perguntar se eu estava bem e me ofereceu café. Peguei a xícara por educação, porque meu estômago dava voltas. *Acho que matei uma pessoa*, eu disse. Gladstone procurou não demonstrar espanto. Pediu que eu me acalmasse e contasse o que acontecera. Disse tudo o que eu conseguia lembrar. Gladstone falou que o melhor a fazer era ir até a casa da minha avó o quanto antes. Eu disse a ele que não fazia ideia de onde estava meu celular. Fui até o banheiro jogar uma água no rosto. Me olhei no espelho e vi que algo havia mudado em mim. Algo importante que me modificaria para sempre, mas eu não sabia o que era exatamente. Quando saí do banheiro, ouvimos sirenes de carros de polícia ao longe.

33.

Gladstone foi até a janela, observou o movimento, e voltou dizendo que era uma operação da polícia para prender traficantes. Ele falou que ia se arrumar para ir comigo até a minha casa. Disse para eu ficar tranquilo. Fomos andando até a avenida Farrapos, no caminho eu ia tentando contar a ele o que eu podia lembrar. Fui tomado por um misto de desespero e uma sensação de que eu não seria capaz de fazer nenhum mal a minha avó. Eu não sou assim, dizia a mim mesmo. Também tentei fazer um esforço para lembrar onde estava meu celular. Mas tudo que eu conseguia eram pedaços de memória. Dei graças a Deus pelo ônibus estar vazio, eu não tinha condições de ficar em pé por muito tempo. Durante o trajeto avaliei minha vida até ali, tudo que havia feito. Senti um pouco de vergonha, porque parecia não ter saído do lugar. Eu continuava me fodendo como todos os outros negros sempre se foderam. Aquele era o nosso destino, pensei.

34.

Cheguei em casa por volta das dez horas. Quando abri a porta, tia Julieta estava na sala, assistindo televisão. Perguntou se eu estava bem. Eu não respondi, fui direto para o quarto da minha avó. As janelas estavam abertas e o quarto iluminado por raios de sol. Minha avó estava acordada e sorriu para mim. Aquela imagem era uma aparição. Suspirei fundo. Depois ela me chamou de Joaquim e disse, com dificuldade, que estava com fome. Senti a mão de Gladstone no meu ombro como se dissesse: eu sabia que você não tinha feito nada, Joaquim. Voltei para a sala e minha tia me olhou com preocupação. Perguntou por onde tinha andado, disse que pelo jeito não havia dormido em casa. Eu disse que estava bem, apenas com dor de cabeça. Gladstone ficou comigo mais um pouco e, antes de ir, disse para eu me cuidar. Agradeci a ele. Fiquei deitado no sofá por algum tempo. Perto do meio-dia, o Caminhão apareceu no portão. Trazia meu celular, disse que eu tinha deixado no bar do Neto. Com tudo aquilo, eu quase havia esquecido do término com a Elisa. O celular estava descarregado. Após uma hora fui ver as mensagens. Apenas duas: uma do Lauro perguntando onde eu estava. E outra da Elisa dizendo que tinha arrumado minhas coisas, que eu poderia pegá-las com o Peruano. Minha avó morreu dois meses depois desse dia.

A VIDA É BOA

1.

Quando você se torna leitor, viver de maneira harmônica com o mundo é impossível. A impressão é que estamos em constante desacordo com a realidade. O que de certo modo ocasionou uma espécie de amputação de uma parte de mim mas que eu não sabia exatamente qual era. Aos poucos fui me dando conta de que as histórias de aprendizagem são sempre as mesmas: antes você não sabe, depois você passa a saber. A diferença entre as pessoas é justamente o que fazemos com o que a gente passou a saber. Após a morte da minha avó e do término com Elisa, as coisas só pioraram. Um precipício de mágoas e desgostos se apresentou. Tive que arrumar um trabalho que me desse alguma renda e continuei morando com tia Julieta. Na minha carteira de trabalho só havia carimbos de serviços subalternos. Mesmo que quisesse mudar de área, eu não poderia, porque não tinha experiência. Estágios na minha área exigiam que eu estivesse pelo menos no quarto semestre. Fiz uma entrevista para atendente de telemarketing na Conecta, uma empresa de planos de internet discada e a cabo. Mas o horário era incompatível com minhas aulas, logo tive de trancar o semestre na universidade. Passei a entender que eu começava a me foder. Tinha a impressão de estar regredindo. Estava dormindo no sofá da sala da minha tia. Trabalhava seis horas por dia e tinha dois intervalos de meia hora. Um para o almoço e outro para um lanche no meio da tarde. Passei a viver uma vida previsível. As primeiras semanas de treinamento foram lamentáveis. Eu não tinha nenhuma habilidade para convencer pessoas a comprar um produto. No primeiro dia, me puseram ao lado da Suelen. Ela falava com os clientes sem que transparecesse emoção alguma. Sabia todos os planos de vendas de internet e já havia sido eleita três vezes a funcionária do mês. *Eu ganhei duas raquetes de frescobol por ter batido a meta esse mês*, ela me disse. *Por que raquetes?*, perguntei. Ela disse que eram brindes para quem bate as metas da semana. *Tem gente que ganha uma agenda, uma caneca ou um boné. Eu ganhei raquetes. Eu gostei porque no próximo verão eu vou com meu namorado pra Tramandaí jogar frescobol. O nome dele é Marcos e ele já é supervisor em outra filial. Nos conhecemos aqui na Conecta. Vamos nos casar ano que vem e comprar um terreno em Viamão. Ter nossa família e um cachorro*, ela disse. *Mas o verão ainda está tão longe*, eu disse. *Não entendi*, disse Suelen. *O verão está tão longe pra você usar as raquetes.* Suelen me olhou esquisito e disse que tudo bem, que não tinha problema, que o importante mesmo era guardar dinheiro para as férias e bater as metas. *Não se preocupe, você um dia vai conseguir bater as suas também. Um dia você e sua namorada vão se casar, ter filhos e uma casa em Alvorada ou Viamão. Lá os terrenos são mais baratos e as casas também*, ela dizia. *Mas eu não tenho*, eu disse, interrompendo. *Não tem o quê?*, ela perguntou. *Não tenho namorada*, eu disse, *ela terminou comigo pra ficar com outro cara.* Suelen me olhou triste e disse: *puxa, sinto* muito. Mas não importa, isso passa, logo você arruma outra. Aqui você vai poder crescer, virar supervisor. Vai poder comprar seu carro e ir visitar sua mãe nos domingos. Eu ainda não tenho carro, mas acho que no ano que vem vou ser promovida e posso tirar minha carteira. Meu namorado já tem carteira, ele quer dar entrada num Uno. Você gosta de Uno?, perguntou. Ela morreu, eu disse. Quem morreu? Sua namorada?, perguntou Suelen. Não, a minha mãe, eu disse. Ela morreu. Suelen me olhou novamente e disse que era melhor a gente focar no trabalho. Eu concordei. Eu precisava de coisas objetivas que não me fizessem pensar na minha avó e em Elisa. Bater as metas significava várias coisas. Uma delas era convencer um certo número de clientes que ligavam putos da vida querendo o cancelamento a continuar com os planos. A gente tinha que atender a maior quantidade de pessoas possível. Além disso, todo atendimento nosso era vigiado por um supervisor, ou seja, enquanto você falava com o cliente, alguém do Controle de Qualidade escutava. E, assim que você desligava, seu telefone tocava e o supervisor avaliava seu atendimento. Quase sempre eu recebia uma nota baixa por não convencer quase ninguém a continuar com o plano. Eu sempre achava que as pessoas tinham razão. *Assim você não vai conseguir bater a meta e não vai conseguir seus brindes e nem ser promovido*, me disse a Suelen. Aos poucos fui me encaixando no perfil da empresa. Eu usava os vales-refeição para fazer compras no supermercado. Depois do treinamento passei a atender sozinho. Entretanto, para sobreviver naquele lugar, eu precisava da companhia de um livro. Eu seguia lendo e relendo *Terra estranha*, do James Baldwin. Ele me fazia lembrar de quando eu podia frequentar a universidade, as aulas, dar meus palpites, ler literatura, ir em festinhas, escutar Lou Reed com uma garota. No entanto, tudo aquilo havia passado de maneira rápida e agora se apresentava como um tempo distante. Eu tinha de lidar com a realidade. Eu não tinha mais a quem recorrer.

2.

Rufus, o personagem de Baldwin, me ajudava a suportar a rotina. Eu punha o livro em cima da mesa onde atendia. No entanto, meu supervisor, Cristiano, que tinha a minha idade, disse que eu não podia ter nada em cima da PA, a Posição de Atendimento. Argumentei que não ia ler durante o expediente. *Se não vai ler, então pra que ficar com o livro em cima de mesa?*, ele perguntou. *Para eu não me esquecer dele*, respondi. Cristiano achou estranha minha resposta. *Acho que é mais fácil você esquecer o livro em cima da mesa, deixa em casa*, ele disse. *É que o Rufus me faz companhia*, eu disse. *Quem é Rufus?*, ele perguntou. *O personagem, eu preciso da companhia dele pra eu não esquecer que gosto de livros*, eu disse. Cristiano não me entendia. Disse para eu guardar o livro senão eu tomaria uma advertência e, se eu tomasse três advertências, era motivo para ser demitido por justa causa, embora eu não achasse nada justo ser mandado embora por colocar um livro sobre a mesa. Mas, quando o Cristiano virava as costas, eu tornava a pôr o livro na PA. Acho que a presença do livro era um modo de dizer a mim mesmo que os livros tinham de fazer parte da minha vida, mesmo que tudo estivesse me levando para o contrário. Pensei que de nada adiantava o sistema de cotas. Não daquela forma. Eu não tinha créditos suficientes nem para conseguir um estágio remunerado. Só apareciam trabalhos voluntários para fazer. Mas eu precisava escolher entre ter um emprego e ter experiência na minha área, sem ganhar nada. Além disso, eu estava deprimido e parei de me importar com minha aparência e com as roupas que usava. Evitava me olhar no espelho. Tinha a sensação de estar vivendo, mas como se estivesse morto. A perda de tempo com coisas inúteis me era dolorosa. Aquele trabalho não fazia o menor sentido para mim. Eu desperdiçava meu tempo e mesmo assim tinha consciência de que era necessário aceitar minha condição. Era o melhor a fazer, pensei. Talvez fosse menos sofrível. O mais honesto era me ver como um doente que aceita seu diagnóstico grave e procura um tratamento, não mais para se curar, mas para atravessar a doença com dignidade. Ora, então não havia um preço a pagar por ter ido tão longe? É claro que sim. Entretanto, eu já tinha me tornado um leitor, e já havia lido o suficiente para me revoltar. Tinha os instrumentos necessários para uma insurgência contra a vida: eu tinha saúde física e era leitor. No entanto, meu ímpeto era constantemente atropelado pela baixa autoestima. Eu me sentia incapaz de contestar minha condição e, na maioria das vezes, preferia me acomodar. Havia, sem que me desse conta, um certo prazer no meu sofrimento. Apeguei-me à solidão e à autopiedade. Como se aquele lugar de resignação e apatia me trouxesse algum tipo de recompensa interna. E, por muitas vezes, para tentar fugir daquela roda-viva, pensava como Sinval se sairia se estivesse no meu lugar. Talvez esse seja o pensamento mais comum quando temos alguém como exemplo.

3.

Passei a beber com mais frequência. Saía do trabalho, ia para o bar onde estavam meus amigos e bebia com eles. A verdade é que éramos negros e estávamos todos fodidos, cumprindo nossa sentença de ter uma vida fodida. Porque, lá de onde a gente vinha, era dessa forma que as coisas eram, eu pensava. Enquanto bebia, às vezes sentia raiva de mim por ter acreditado que um dia poderia pertencer àquele mundo. E entre um gole e outro desisti de vez da universidade. Aquele ambiente não era para mim. O que mais me incomodava era o fato de aceitar que eu não era especial como achava, que eu era um rapaz comum e iria morrer como um homem negro comum. Ter uma vida ordinária era a regra, assim como acontece com milhões e milhões de pessoas negras. Eu viveria e morreria e ninguém iria se incomodar. Enquanto isso, me aproximava cada vez mais de Rufus. Sentia que ele era a única companhia possível para suportar aquelas horas todas atendendo telefonemas de pessoas desconhecidas e furiosas com seus planos de internet. Rufus se apresentava como alguém capaz de me compreender, porque eu o compreendia. Era uma relação mútua de ternura e a ela nenhuma pessoa branca, por mais que se esforçasse, teria acesso. O que sentíamos em relação ao mundo e à vida apenas nós sabíamos, mas, ao mesmo tempo, essa relação era um triunfo da delicadeza. Porque existíamos um para o outro e aquilo me bastava. A literatura estava me mantendo vivo sem que eu soubesse. Por outro lado, passei a fazer tudo de forma mecânica e aos poucos estava me tornando um funcionário-padrão. Atendia com as frases decoradas e impessoais. Me aproximei dos meus colegas e partilhava com eles os atendimentos que fazia. Eu tentava me integrar. Tentava bater as metas. E um dia, enfim, ganhei meu par de raquetes da marca Conecta. E veio a Suelen me dar parabéns: *você conseguiu, Joaquim, você conseguiu, agora você é um Conectado*, ela disse com alegria. Ao ouvir aquilo, tive vontade de chorar, porque era uma espécie de vitória dentro da derrota. Eu havia conseguido fazer algo que para mim não tinha sentido. Lembro de chegar em casa e pôr as raquetes em cima da mesa. Contemplei-as por um tempo. Minha vida entrara numa rotina de que eu já não conseguia escapar. Também tinha desistido da escrita, mas seguia lendo. Certo dia, na Conecta, recebi a ligação de uma moça pedindo para mudar de plano, porque a internet dela estava muito lenta. Pedi a ela que aguardasse um pouco que eu ia verificar qual era o plano. No entanto, enquanto procurava seus dados, tive a impressão de que ela chorava baixinho. Pensei em quebrar o protocolo de atendimento e perguntar se estava tudo bem com ela. Mas me contive. Quando voltei à ligação, disse: *senhora, desculpe a demora, vou ter de confirmar seus dados para poder seguir com o atendimento. A senhora poderia me confirmar seu CPF?* Ela não respondeu, estava com o nariz fungando. Eu insisti: *senhora, está me ouvindo? Poderia me confirmar seu CPF?* Silêncio do outro lado, até que, após alguns segundos, ouvi sua voz frágil, quase infantil: *eu quero morrer, me ajuda.* Escutei aquela frase com assombro e fiquei paralisado. Quando pensei em perguntar se estava tudo bem, ela desligou. Logo o telefone tocou e já era outro cliente. Derrubei a ligação. Deixei no modo pausa e fui conversar com Cristiano, o supervisor. Me pareceu uma situação grave e eu precisava dizer isso a alguém. Cheguei em sua mesa e reportei o que havia acontecido. Cristiano sorriu e falou para eu não me preocupar: *é muito comum as pessoas ligarem pra cá dizendo coisas desse tipo, essa aí liga toda semana. Ela só quer chamar atenção. Fica tranquilo e volte para o atendimento, estamos com uma fila grande de espera na linha. Não esqueça, precisamos do procedimento-padrão pra bater a meta.* Fiz cara de desapontamento, Cristiano deve ter percebido e, talvez para me confortar, completou: *meu, você não pode salvar o mundo. Se ela quer se matar, que se mate, nem você nem eu temos nada a ver com isso.* Escutei aquilo escondendo minha vontade de socá-lo. Voltei para minha PA.

4.

Tentei continuar atendendo. Mas aquela voz e aquelas frases ficaram martelando na minha cabeça: *eu quero morrer, me ajuda.* Pensei: e se fosse verdade? E se de fato ela estivesse precisando de ajuda, como eu poderia ignorar aquele pedido? Que merda de vida era aquela em que ganhar uma raquete, uma caneca, era mais importante do que ajudar alguém? Tive vontade de vomitar. Eu tinha uma fúria adormecida que dava sinais em meu corpo. Fui ao banheiro e joguei uma água no rosto. Voltei decidido a entrar em contato com a moça. Quando cheguei na minha PA, recuperei o atendimento anterior na tela e fui pesquisar os dados. *Nome: Mariana Alves da Cunha. Idade: 26. Cor: Branca. Estado Civil: Solteira.* Depois fiz uma ligação para o residencial. Três chamadas e ninguém atendeu. Também tentei o celular. Caía na caixa postal. Então anotei o endereço e decidi que iria até a casa dela ver o que tinha acontecido. Iria naquele dia mesmo, após o expediente. Aquela minha atitude me fez regressar a minha própria vida. Era como se eu tivesse acordado de algum sonho ilógico. Uma energia e uma vontade de viver passaram a vigorar em mim. Fiquei o resto do dia olhando para o relógio e querendo que as horas passassem logo. Eu queria muito ir até a Mariana. Entre um atendimento e outro, imaginava como seria a vida dela. Me perguntava por que ela havia dito aquilo para um desconhecido. Assim que o expediente terminou, corri até a parada de ônibus. Mariana morava num bairro próximo ao centro. Quando cheguei na frente do seu prédio, apertei o interfone e fiquei esperando. Nada. Comecei a pensar que o pior tinha acontecido. Por outro lado, senti um certo alívio, porque eu não saberia o que dizer caso ela atendesse. Eu não saberia como me apresentar. E se ela achasse que eu a estava perseguindo? E se ela ligasse para a Conecta e fizesse uma reclamação: *seu funcionário esteve aqui me importunando*. Pensei em desistir, mas a vontade de ver onde aquilo ia dar era maior. Interfonei para a portaria. *Oi, tudo bem, estou tentando falar com Mariana Alves, do 801, o senhor poderia me dizer se ela se encontra?* O porteiro me pediu um minuto, mas antes perguntou meu nome: *Joaquim*, eu disse, *sou da empresa Conecta, vim fazer uma visita técnica*, completei. Mostrei o crachá de atendente. Logo ouvi o clique do portão. Estava entrando no edifício e ainda me perguntava o que estava fazendo ali. Quando cheguei no saguão, o porteiro já estava interfonando de novo. Na segunda tentativa alguém atendeu. *Dona Mariana, tem um técnico da Conecta querendo falar com a senhora.* Ela disse alguma coisa. E logo em seguida desligou. *Dona Mariana disse que não pediu visita técnica.* Preferi não insistir. *Bom, deve ter sido um engano,* eu disse, *ou talvez ela já tenha resolvido o problema.* Cumprimentei o porteiro, e já ia saindo quando o interfone tocou. Era Mariana perguntando se o técnico ainda estava ali. *Meu jovem, a dona Mariana disse que você pode subir.* Fiquei surpreso, mas já era tarde para recuar. Parei na frente do elevador. Apertei o número 8. Entrei e fiquei me olhando no espelho. Conforme eu subia, meu coração se acelerava, mas eu não podia parecer nervoso. O prédio tinha poucos apartamentos por andar, de modo que foi fácil encontrar o 801. Toquei a campainha, em poucos segundos escutei o tambor da fechadura girando. Quando a porta se abriu, deparei com a figura de um homem, devia ter trinta e poucos anos. Era branco, usava barba e um coque ridículo. Estava sem camisa. *E aí,* ele disse, *tudo certo? Entra aí.* Procurei Mariana pelo apartamento, mas não vi mais ninguém. *O aparelho da Conecta tá lá,* ele disse, apontando para a estante, e foi para a cozinha. Fingi que sabia o que estava fazendo. Abri a mochila como se fosse usar algum instrumento. Peguei um chaveiro, porque era a única coisa que tinha. Quando me agachei para mexer no aparelho, pude ver a porta do quarto entreaberta. Ao me mover mais para a esquerda, vi também a metade das pernas de uma mulher, deitada na cama. Enquanto isso, o homem parecia preparar alguma coisa para comer. Eu não sabia o que fazer para saber como ela estava. Pensei em dizer que precisava verificar o sinal no quarto. No entanto, nesse momento a mulher gritou: *Juliano, traz um sanduíche pra mim também, amor.* Aquela frase me surpreendeu. Talvez fosse a prova de que ela estava bem e que talvez meu supervisor tivesse razão. Ao voltar para a sala, o homem de coque disse apenas: *essa empresa de vocês é uma merda, hein? Sempre dando problema, fora o atendimento, que também é uma merda.* Sem olhar para ele, apenas resmunguei um *pois é*. Esperei mais alguns minutos e disse a Juliano que a Conecta precisaria mandar outra equipe para ver o que causava a lentidão da internet. Juliano riu com deboche. Depois completou dizendo que ia ligar para cancelar tudo. Eu disse que tudo bem. Que inclusive não seria difícil. Ele ficou me olhando e deve ter pensado: mas que trabalho de merda o desse cara, nem pra me convencer a ficar com o plano. Em seguida, sem dizer nada, abriu a porta para eu ir embora. A porta bateu forte. Ao fundo, enquanto esperava o elevador, ainda pude ouvir risadas vindo do apartamento. No caminho, pensei por que eu tinha feito aquilo. No entanto, algo novo e pulsante reverberava em mim. Eu precisava beber alguma coisa. Entrei no bar do Neto. Pedi uma cerveja. Bebi um copo inteiro de uma vez. Me servi de mais um pouco. Percebi que estava começando a ficar resistente ao álcool. Antes, dois copos daqueles já teriam me deixado bêbado. Agora, uma garrafa alterava muito pouco minha percepção. Pendurei a cerveja, disse que ia pagar no fim do mês. Fui para casa. Tia Julieta não estava. Me deitei no sofá. Liguei a TV, algumas notícias da cidade, previsão do tempo, política. Foi quando olhei para a mesa onde estavam as raquetes. Olhei para elas atentamente. Me senti enganado. Não me tornei o que queria me tornar. Levantei, peguei as raquetes, fui até a cozinha e joguei-as no lixo.

5.

Duas semanas depois, meu supervisor foi substituído. No seu lugar entrou a Karine, que também vinha de Alvorada. De olhos grandes e cabelos encaracolados, ela era simpática, gentil e às vezes não se portava como nossa superior. Fazia vistas grossas aos livros que eu deixava na PA. O que de certo modo tornou minha vida lá dentro um pouco mais suportável. Certo dia, ao sair para almoçar, encontrei com Saharienne por acaso na rua. Nos cumprimentamos e ela disse que eu andava sumido, eu disse que havia trancado o semestre porque precisava trabalhar, além disso minha avó tinha falecido fazia pouco tempo e eu ainda estava tentando reorganizar minha vida. Saharienne disse um *sinto muito*, disse também que não devia estar sendo fácil, mas contou que o centro acadêmico estava se movimentando para acolher melhor os cotistas, que eles estavam pressionando a reitoria para dar mais condições de que permanecessem na universidade. Além disso, ela havia começado a fazer parte de um coletivo negro e de outros movimentos. E completou dizendo: é preciso que a gente se fortaleça como grupo. Embora Saharienne falasse com entusiasmo, a volta para a faculdade me parecia cada vez mais distante. Talvez não apenas pela dificuldade financeira, mas porque me sentia só. Aquele lugar por vezes me era tão hostil. Não disse isso a ela para não frustrá-la. Também não conversamos por muito tempo, eu precisava voltar logo para o trabalho.

6.

Em pouco tempo, minha vida se organizou de outro modo. Gastava meu dinheiro basicamente ajudando tia Julieta com a conta da luz e com as compras do supermercado. O restante era dividido em bebidas, saídas de fim de semana com o Juca, o Caminhão e o Camelo. Às vezes, eu também gastava nos puteiros mais baratos do centro de Porto Alegre. Me afastei do Lauro e da Jéssica. Creio que eles também se afastaram de mim, não de maneira consciente, mas é que cada um foi tomando um rumo na vida. Em alguns meses, na Conecta, comecei a render menos, mesmo com Karine dizendo que eu deveria melhorar minhas metas. Também chegava atrasado ou faltava usando a desculpa de que não estava bem, depois dava um jeito de conseguir um atestado frio. Não demorou muito para que um dia Karine me chamasse numa salinha e dissesse que infelizmente eu ia ser desligado da Conecta. Achei engraçada a palavra "desligado" para uma empresa chamada Conecta e ri. Karine me olhou com estranheza e deve ter pensado que eu tinha algum tipo de transtorno mental. De certo modo, acho que eu tinha mesmo. Eu disse que tudo bem. Não me deixaram voltar para a PA nem para me despedir dos meus colegas. Era um procedimento-padrão para não causar alvoroço entre os funcionários. Eu também não fazia questão, só pedi para alguém ir pegar meu livro do James Baldwin. Fui até a orla do Guaíba. Fiquei lá por um bom tempo olhando o rio. Voltei para casa e contei a minha tia que tinha sido demitido. Ela disse que eu não precisava me preocupar, que logo eu encontraria outro serviço e que a vida era assim mesmo. Não havia como não lembrar da minha avó quando tia Julieta falava essas coisas.

7.

Com o dinheiro da demissão, comecei a ir aos puteiros com mais frequência. O que eu mais gostava era o Angela's Drinks. O lugar era seguro e havia garotas bonitas. Talvez eu tenha deixado lá quase metade da minha indenização. Eu não tinha certeza, mas tentava me curar de alguma coisa e achava que sexo era o caminho. Além disso, o fato de beber muito e de esquecer as atitudes que eu tomava quando estava embriagado começou a ficar mais perigoso. Nem Juca, Camelo e Caminhão queriam minha companhia. A morte da minha avó tinha acabado comigo, e era como se eu precisasse ser punido. Eu pensava que poderia ter feito mais por ela. Quando ia ao Angela's, costumava ficar sempre com a mesma garota, Patrícia, uma mulher morena, de traços indígenas. Ela era muito solicitada porque não tinha o que ela não fizesse. Eu gostava de contar minha vida para ela, e às vezes, depois da transa, eu contava sobre o livro que estava lendo. Ela falava pouco da sua vida, mas certa vez me contou que já havia feito um semestre de direito.

8.

Um dia cheguei bêbado no Angela's e não a encontrei, ela estava com outro cliente. E, mesmo sem dinheiro, pedi uma bebida, mas não queria nenhuma outra garota. O tempo passou e Patrícia não apareceu no salão. Me senti rejeitado e decidi ir embora, mas acontece que não quiseram me deixar sair sem pagar a bebida, mesmo eu argumentando que estava sempre por lá. Os seguranças me levaram para fora, inventei de ser valente com eles e levei uma cabeçada de um e um chute de outro. Saí andando pela avenida Farrapos com um corte no supercílio. Dois fiozinhos de sangue escorriam pelo lado esquerdo do meu rosto e mancharam minha camisa. Eu não sentia dor porque o álcool de certa maneira me deixava amortecido. Entrei no bairro São Geraldo, talvez eu estivesse indo para a casa do Gladstone, mas errei o caminho. Não lembro bem o horário, mas já deviam ser onze horas. Numa encruzilhada, vi um grupo de babalorixás entregando algum tipo de oferenda. Havia velas, bandejas com pipoca, farofa. Àquela altura a bebida já tinha perdido um pouco do efeito. Conforme fui me aproximando, percebi que um deles parecia estar incorporado. Era um exu. Eu sabia reconhecer. Pedi licença, cumprimentei com um gesto e passei. Ninguém me olhou, apenas o exu. Sorriu para mim e tive a impressão de que ele tinha duas cabeças. Segui meu caminho sem olhar para trás, porque lembrei de minha avó dizendo que em casos assim não se deve nunca olhar para trás. Desisti de ir para casa, estava cansado de vagar sem rumo. Fui parar na rodoviária, achei um banco e fiquei por lá. Os bancos tinham divisórias, de modo que não dava para deitar direito. Mas eu precisava de algum lugar para esticar as pernas. Minha aparência devia estar assustadora, a julgar pela cara das pessoas que passavam por mim. Mais adiante encontrei um banco sem divisória. Me deitei. Uns minutos depois veio um segurança dizendo que eu não podia dormir naquele banco. Provavelmente achou que eu fosse um morador de rua. Não quis discutir, apenas obedeci. Levantei. Fiquei olhando para as poucas pessoas que estavam próximas. Já era madrugada, e o clima de uma rodoviária nesse horário é desolador. Fui lá para fora. Uma chuva fina caía. Procurei uma marquise para me proteger. Sentei-me no chão, ao lado de uma coluna. Achava que ali ninguém viria me perturbar. Pensei como era fácil passar para uma situação de rua, como era fácil fazer parte da paisagem. Como era fácil tornar-se alguém sem história. Achei que passar a noite naquelas condições seria terrível, mas não senti medo, porque era como se nada mais pudesse dar errado, ou, se algo desse errado, também não teria problema. Adormeci com esse pensamento. Tive sonhos confusos, que se misturavam às últimas coisas que eu tinha vivido, e se misturavam ao barulho da rodoviária, aos motores dos ônibus, às pessoas passando e partindo. O dia amanheceu e a primeira coisa que senti foi o corte no supercílio. Me ajeitei melhor, mas continuei sentado, escorado na coluna. Estava um pouco sem forças. Uma senhora passou por mim e disse bom-dia. Depois voltou me olhando e perguntou se eu aceitava um resto de sanduíche de presunto e queijo que ela não tinha conseguido comer. Pensei em dizer não, mas, primeiro, ela havia sido gentil ao me dar bom-dia e, segundo, eu realmente estava com fome e não tinha dinheiro algum comigo. Comi o sanduíche mordido, e não estava ruim. Depois fui ao banheiro. Mijei, lavei as mãos e joguei uma água no rosto. Foi quando me vi no espelho. Meu machucado talvez precisasse de um ou dois pontos, entretanto o sangue estancara. Vi minha roupa amassada, suja e manchada de sangue. Tive vontade de chorar. Mas segurei. Eu precisava ir para casa. Tinha perdido o celular outra vez. Fui até a parada de ônibus. Algumas pessoas, ao me verem, se afastavam. A linha São Pedro chegou e tive a sorte de encontrar um cobrador que me conhecia e me deixou viajar sem pagar. Além disso, ele deve ter percebido que eu não estava bem. Encostei a cabeça no vidro da janela e cochilei um pouco. Quando cheguei em casa, tia Julieta estava na cozinha. Se assustou com minha aparência. Perguntou por onde eu tinha andado. Não respondi. Foi a primeira vez que tia Julieta alterou a voz comigo. *Joaquim, o que você está fazendo da sua vida?* Eu não respondi, pois não sabia o que dizer. *Por que você está fazendo isso?*, ela insistiu. *Eu não entendo.* Depois ela olhou para o meu machucado, disse que eu precisava de ajuda. Novamente tive vontade de chorar, mas o choro não vinha. Eu disse que precisava ir tomar banho e dormir. Ela disse: *está bem, meu filho*, com um olhar triste sobre mim. No banho, deixei a água cair no corpo sem me mexer muito. Eu não queria pensar nas coisas que vinham acontecendo. Uma sucessão de infortúnios, aquilo me deixava cada vez mais próximo da indiferença. Meu supercílio doeu e era como se eu merecesse aquela dor. Como se a punição de ter fracassado fosse necessária para me redimir. Depois pensei que ninguém tinha me educado para o insucesso. Ninguém havia me dito que na vida há poucas recompensas por sermos boas pessoas. Que na maioria das vezes não há reparação das injustiças, mas que ainda assim é preciso ser bom. Meu corpo imóvel embaixo do chuveiro era talvez uma tentativa de recuperar o amor pela vida. Nem a pena que eu sentia de mim bastava para me salvar da letargia, como se eu tivesse um caminho marcado pela falta de perspectiva. E então, pela primeira vez, senti raiva da literatura e dos livros. Sentia-me enganado. A arte havia me passado a perna. Eu estava magoado com a poesia e com tudo que ela me prometera. Nem Sinval tinha me dito o quanto era difícil, ou talvez tivesse dito e eu é que não havia percebido. Saí do banho e voltei para o sofá. Tia Julieta tinha deixado a comida pronta, e disse apenas para eu me cuidar mais. Ela estava cansada para me dar qualquer tipo de sermão ou conselhos. Eu também estava cansado. Estávamos todos.

9.

À tarde, Lauro apareceu para me visitar, fazia tempo que não conversávamos. Ele me olhou e disse que eu não estava bem, que eu precisava de ajuda. E disse isso de maneira afetuosa, sem nenhum julgamento, apenas falava como se quisesse, de fato, fazer algo por mim. Eu não tive irmãos, mas naquele instante me dei conta de que tínhamos um verdadeiro laço fraterno. Lauro disse que seria bom eu ir ao terreiro da Mãe Teresa. Para ela fazer um jogo, *ver coisas do teu futuro*, ele disse. Não quis ser grosseiro e dizer que já não acreditava tanto naquelas coisas. Lauro continuou dizendo que eu andava distante dos orixás. Ele estava certo, eu havia me afastado da religião desde que minha avó adoecera. Aquele mundo tinha deixado de fazer sentido para mim. Depois pensei que não fora só a doença da minha avó que tinha me afastado do terreiro, mas também as coisas que eu tinha lido nos últimos tempos. A convivência com os livros me fez acreditar que todas as respostas estavam neles. Achei que o existencialismo de que Gladstone me falava era o suficiente para resolver minhas questões íntimas. Lauro marcou um horário para mim alguns dias depois, eu não recusei porque não tinha forças para recusar nada. Quando cheguei no terreiro, de certo modo me senti em casa. Era também como se eu estivesse recuperando um pouco da minha avó. Mãe Teresa era bastante procurada e sempre tinha gente a sua espera. Fomos para uma salinha, anexa ao terreiro. Era um ambiente que eu conhecia bem: as imagens dos pretos velhos, dos ciganos, de Iemanjá, Xangô, Ogum, Caboclos, Ibejis, outra imagem de Oxalá mais ao alto. Gamelas, guias, cabeças de cera, velas, quartinhas, sinetas, fitas coloridas, mel, dendê, tesoura, sacos plásticos e um cheiro agridoce que vinha das oferendas e trabalhos que ficavam ao lado. Aquele cenário me devolvia algo. Ainda que estivesse cético quanto àquilo, transformado num quase ateu, estar ali me regenerava. Mãe Teresa me fazia lembrar da minha avó, não só na aparência, mas no que carregava na cor, na pele e no coração. Eu não sabia se aquilo era o que se chamava de ancestralidade, mas poderia ser. Mãe Teresa sabia que eu estava fraco. Sabia que os que chegam para jogar, que se colocam diante de suas vidências, perderam a fé no presente e, portanto, precisam das cortesias do futuro. Mãe Teresa perguntou como eu estava. Eu disse que me sentia triste e só. Ela me olhou pela primeira vez e resmungou: é assim mesmo, *a vida sem tristeza não vale muito*. Depois, com mais clareza, prosseguiu: *a alegria nos faz ir mais longe. Mas é preciso ir devagar, antes de chegar no futuro, é preciso curar o dia*. Então pegou o baralho gasto e colocou no centro da mesa. Acendeu uma vela. Embaralhou as cartas e me pediu que cortasse em três montes. Mãe Teresa as distribuiu pelo pano branco de renda. E logo seu rosto se iluminou com um sorriso que me pareceu sincero. *Xangô saiu na frente respondendo pra você, Joaquim*, ela disse. *Ele é o dono de sua cabeça. E está mostrando que seu caminho é muito bonito. Há muitas coisas que ainda vão te acontecer. Existe uma estrada aberta pra seguir, Joaquim, e você não está só. As palavras estão contigo. As letras que carrega dentro de você estão pedindo passagem pra existir*, ela disse. *Mas, pra isso acontecer, você precisa voltar a ter gosto pela vida. Aqui*, disse ela, apontando para uma das cartas, *Oxum te protegendo dos males maiores. Há muitos cortes na tua vida, meu filho. Na vida financeira, afetiva, ou nos teus estudos.* Disse ainda que a morte de minha avó trouxe desequilíbrio para minha cabeça. Que eu estava confuso, mas que esses nós que a vida dá, às vezes só podem ser desatados com a ajuda dos santos. *A gente não se liberta sozinho*, ela disse. Depois recolheu as cartas, espalhou-as novamente e disse para eu repetir o movimento anterior. Dessa vez, com o rosto mais tenso, dizia que eu precisava fazer logo alguma coisa para minha cabeça, porque eu estava fraco e tinha que me fortalecer. Ainda que estivesse cético diante daquelas palavras, me comovi ao escutá-las. Meus olhos se encheram d'água, sem um motivo aparente. Mãe Teresa disse que eu precisava fazer um trabalho para o corpo e para a cabeça. O quanto antes. Que precisava fazer oferendas para os meus santos: Xangô e Oxum. Regressar às origens. Ela sabia que eu não tinha dinheiro para fazer coisa nenhuma, mas dizia que eu não me preocupasse, que, se eu quisesse, ela poderia pedir uma contribuição para os filhos da casa. Eu agradeci. Mãe Teresa sorriu também, porque eu tinha sorrido. Depois ela disse que poderia marcar uma data. E que iria falar com os filhos da casa e ver o quanto cada um poderia dar para me ajudar. Nos dias que se seguiram, Mãe Teresa me aconselhou a não sair muito de casa, evitar as bebidas, pois eu precisava preparar meu espírito. Eu a ouvia, porém ainda com certa desconfiança. Pois havia um campo de batalha em meu peito. Minhas crenças entravam em conflito com os livros que tinha lido. Como se a literatura, a filosofia e a religião estivessem apartadas umas das outras. Como se não houvesse nenhuma possibilidade de conciliação. Dias depois, começaram os preparativos. Voltei a bater cabeça para os meus santos. Resgatei minhas guias de contas. Às vezes, punha-as no pescoço, outras vezes andava com elas nos bolsos. Tia Julieta também ajudou nos preparativos. Acompanhei a feitura das oferendas, que eram as bandejas com alimentos dos santos da casa, e eram ao mesmo tempo um pedido de licença. *O batuque começa na cozinha*, dizia Mãe Teresa. O cheiro misturado de ervas, milho torrado, farofa, verduras, pipoca, dendê e frutas revelava um aroma que reconheci e que fez parte de toda a minha infância. Era como se estivéssemos nos preparando para uma festa. E era uma festa. Havia uma alegria naquelas mulheres e homens negros vestidos de branco e na habilidade do manuseio das oferendas. Às vezes, alguém mais velho dizia coisas como: *lembra, Teresa, que o Pai Antônio de Oxóssi fez aquele batuque bonito*, e então contavam alguma coisa engraçada que fazia os mais velhos e os mais novos rirem. Eu também sorri. E, olhando para todos ao meu redor, naquele momento entendi que de certo modo a minha luta era defender o meu direito à alegria.

10.

No dia do ritual, lavaram minha cabeça com ervas cheirosas. Ajoelhei-me diante de uma bacia e senti as mãos de Mãe Teresa em minha cabeça. Depois secaram meus cabelos. O toque dos tambores havia começado, assim como os cantos para os orixás. Eu me aproximava dos santos e me apaziguava. Minha cabeça e meu corpo aceitavam os orixás em comunhão. Meus nós se desatavam. Em seguida, pronunciando palavras em tom de lamento,

Mãe Teresa amarrou um pano em minha cabeça. Tornava-me rei de meu tino. De minha consciência machucada. Coroado pelas ervas, pela humildade, pelo amor e pela alegria. Agora eu teria de descansar. E de fato me sentia exausto, minhas costas doíam um pouco. Deitei-me no chão, sobre um colchonete, em frente ao quarto de santo. Deixaram-me ali, onde teria de permanecer por um tempo para pensar na vida. Assentar as ideias, trazer de volta o equilíbrio. Examinei meus passos com minúcia. Avaliei meus erros, meus fracassos com sinceridade. Eu não sentia pena de mim, mas tive vontade de chorar. E o pranto veio, volumoso e cristalino. Lavei minha face com minhas próprias lágrimas. A dor e o peso de viver estavam repousados em mim. A dor era eu. Depois Mãe Teresa veio ver como eu estava. Ela disse que agora as coisas em minha cabeça ficariam melhores.

11.

Recebi minha última parcela do seguro-desemprego e ainda não tinha perspectiva de trabalho. Ao menos, consegui diminuir minha vontade de beber. A verdade é que, depois que Mãe Teresa lavou minha cabeça com as ervas, eu sentia ainda um grande desânimo. Não tinha vontade de fazer coisa alguma por mim. Peguei uma antologia de poemas de Luiz Gama, li um poema que descrevia como a mãe do eu lírico era bonita, descrevia sua pele, seu rosto e sua dor, descrevia também o quanto os olhos da mãe eram negros e altivos, e dizia que o beijo dela era como a vida. Me comovi, não apenas pela ternura da cena, mas também porque o pano de fundo era a escravidão. Pensava como Luiz Gama conseguiu manter a delicadeza que a poesia exige diante da barbárie. Lembrei disso dias depois, quando tia Julieta disse que teríamos de nos mudar dali porque não estava mais conseguindo pagar o aluguel, que já havia também perdido o vigor para limpar as casas. Eu tive vontade de dizer que ela já tinha feito o seu tanto na vida, que agora era tempo de descansar, mas eu não podia. Eu disse que poderia ajudá-la a limpar as casas, mas tia Julieta riu e disse: *não precisa, meu filho. Eu ainda dou conta. Eu não ajudei a te criar para você limpar as casas dos brancos. Você tem que voltar para a faculdade, fazer o que tem para fazer.* Embora eu a entendesse, meu desejo de voltar aos estudos era quase nulo. Eu não queria ser um peso para minha tia. As coisas não melhoravam, as contas chegavam, a falta de dinheiro nos acossava todos os dias. Eu tinha me afastado das pessoas de quem gostava. Passei a gostar de estar só.

12.

Um dia senti vontade de voltar ao Angela's Drinks e quem sabe encontrar a Patrícia por lá. Mas preferi ir para outra boate, tinha receio de que os seguranças achassem que eu queria confusão. Voltei a beber, mas não como antes. Às vezes, o Caminhão aparecia no bar do Neto para a gente jogar uma sinuca. Caminhão ia ser pai. Tinha engravidado a Vanessinha. Os dois viviam brigando, a sogra o detestava, ele detestava a família toda dela. Mas iam ter um filho. A convivência era necessária. E falou que ia começar a trabalhar num posto de gasolina. Disse que tinha vaga para mais gente, que, se eu quisesse, poderia me indicar. Semanas depois eu já estava empregado no posto, usando o uniforme e atendendo o público. Entrava às duas da tarde e saía às dez da noite. Lá eu conheci o Genival, que era o mais velho dos funcionários, tanto em idade quanto em tempo de empresa. Era um homem negro retinto, de cinquenta e seis anos. Havia nascido no distrito de Santo Estêvão, numa cidadezinha chamada Ipecaetá, na Bahia. Foi metalúrgico por quase vinte anos em Salvador. Então resolveu tentar a vida em São Paulo junto com o irmão dele. *Achei que ia me aposentar, porque tinha muitas promessas de trabalho. Mas nos enganamos. São Paulo foi dura demais com a gente. São Paulo foi uma ilusão. Passei muito trabalho por lá. Fiquei até sem ter onde morar. Foi quando conheci a Joana, uma gaúcha. Me apaixonei por ela e viemos morar em Viamão.* Genival gostava de falar de si. Gostava de mostrar para os mais jovens que tinha experiência. Também me aproximei do Volnei, um rapaz de trinta e dois anos, pardo. Tinha recém comprado uma moto, o que o obrigava a cumprir uma jornada dupla de frentista e motoboy para pagar as prestações do financiamento. Volnei disse que o sonho dele era fazer faculdade de matemática. Eu perguntei por que ele queria fazer esse curso. *Porque deve ser fácil,* ele disse. *Com a matemática posso trabalhar em qualquer coisa: contabilidade, administração, e também ninguém te passa a perna. Matemática é puro raciocínio lógico,* ele disse, *e isso tenho de sobra,* completou. Volnei também disse que, ao trabalhar num posto, você vê todo tipo de gente: gente boa, gente escrota, gente sem noção. Polícia, ladrão, gente pobre, gente rica. *Eu só não gosto dos folgados. Tem gente que chega aqui e acha que a gente tem a obrigação de fazer tudo. Jogar água no carro, limpar o para-brisa, por exemplo. Alguns não entendem que a gente faz isso por gentileza, mas, pra aguentar esse negócio, tem de manter um sorriso no rosto, meu irmão,* ele disse. Eu os escutava e às vezes eles queriam saber coisas sobre mim. Eu contava, mas evitava a todo custo dizer que já tinha frequentado a universidade, que um dia quis ser poeta, que queria ser escritor. Também pedi ao Caminhão que não comentasse nada a respeito. Eu não falava de livros nem de literatura. Acho que eu havia entendido que minha temporada daquilo terminara. Um dia, um carro parou para abastecer. Quando me aproximei, vi que o motorista era Moacir Malta. Ele não chegou a me ver. Pedi para o Volnei atendê-lo. Fiquei observando o professor de longe. Parecia o mesmo. Depois que ele foi embora, pensei que tinha sido bobagem minha não o ter atendido. Talvez ele nem se lembrasse de mim. Talvez nem tivesse ideia do que acontecera comigo. O fato é que vê-lo me fez lembrar de uma parte da minha vida que eu queria esquecer. Com meu primeiro salário paguei os aluguéis atrasados, e tia Julieta não parava de repetir que eu era um bom rapaz, que Deus e os orixás haveriam de iluminar meus caminhos. As semanas que se seguiram foram de aprendizado com meu novo ofício e ao mesmo tempo de resignação. Comecei a gostar daquela vida.

13.

Voltei a escutar Racionais com mais frequência, *Sobrevivendo no inferno* era o meu preferido. Colocava "Rapaz comum" em looping. O rap era um lugar que me lembrava que eu não precisava ter tanto medo do mundo. Um dia cheguei muito cansado do posto, sentia uma espécie de dor de cabeça, um esmagamento, que me fazia quase delirar. Tia Julieta ainda estava acordada, na sala. Me deu boa-noite, como sempre, e depois disse que uma moça estivera me procurando. Senti o coração se acelerar porque achei, por algum motivo, que pudesse ser Elisa. Minha tia disse que nunca tinha visto aquela moça antes. Tentou lembrar o nome. Era um nome difícil de dizer, mas ela havia deixado um bilhete para mim. *Está em cima da mesa da cozinha*, disse. Acendi a luz e vi o envelope. Junto dele um bilhete. *Oi, Joaquim, tudo bem? Meu colega do departamento disse que chegou essa correspondência pra você. Tentei te mandar mensagem, mas acho que você mudou de telefone. Falei com a Elisa, tua ex-namorada, e ela me deu teu endereço. Espero que esteja tudo bem. Mande notícias, beijo e saudades de você. Ass.: Saharienne.* Li aquele bilhete rapidamente porque queria entender o que estava acontecendo. Olhei o envelope e vi que o remetente era de Portugal. Abri-o com tamanha pressa que quase rasguei a carta: *Prezado Joaquim da Silva Amado, é com imensa alegria e satisfação que informamos que seu conto "A casa vazia" foi o vencedor do 13º Prêmio Internacional Açores de Literatura. Seu texto foi selecionado entre os mais de seiscentos inscritos, divididos entre Brasil, Portugal, Angola, Cabo Verde, Moçambique, Timor-Leste e São Tomé e Príncipe. Seu conto será publicado em uma antologia juntamente com os vencedores das outras categorias. Este ano marca os vinte anos do prêmio. Portanto, haverá o lançamento da antologia e a premiação será no dia 29 de abril deste ano. As passagens, estadia e outras despesas serão pagas pela organização. Cordialmente, Valter Simões, curador do prêmio.* Li aquela carta algumas vezes, tentando identificar algum erro, alguma informação que apontasse um engano. Quando voltei para a sala, minha tia já havia ido dormir. Eu não tinha a quem contar sobre o prêmio. No dia seguinte, fui até uma lan house e entrei nos meus e-mails, fazia muito tempo que não os acessava. Havia pelo menos três mensagens do concurso dizendo a mesma coisa que a carta. Depois entrei no site do prêmio e pude constatar que, na época em que mandei o conto, o prazo para o envio dos textos tinha sido prorrogado. Meu nome estava entre os vencedores e havia comentários dos jurados sobre meu conto.

14.

Dias depois fui encontrar Saharienne e contei-lhe a novidade. Ela vibrou com a notícia, disse que queria muito ler meu conto.

E que agora eu teria de me preparar para ir a Portugal. Eu disse que não poderia ir, porque isso significaria faltar no trabalho, e eu não estava a fim de ser demitido agora, porque ainda estava cheio de contas para pagar. Além do mais, nunca tinha viajado de avião, nunca tivera passaporte e nem sabia o que fazer para tirar um. Saharienne me ouvia com atenção e depois, quando terminei meus argumentos, ela disse que o passaporte e os detalhes da viagem eram coisas fáceis de resolver. Quanto aos dias que iria faltar, ela disse que eu poderia falar com meu chefe no posto, que depois eu poderia compensar minhas horas, *mas olha, Joaquim*, ela disse, mudando para um tom mais sério, *você não pode deixar de ir, sabe. Você ganhou uma coisa importante. Além disso, eu sinceramente acho que você deveria voltar pra universidade, eu sei que o curso não ajuda com essas disciplinas diurnas, mas veja, eu, a Jéssica e a Mayara, junto com outros alunos, conseguimos montar uma comissão de apoio aos estudantes que entraram pelas cotas. Já temos alguns benefícios, como auxílio-refeição, passagens escolares e material de escritório, eu sei que é pouco, mas é um começo. Eu acho que você não deveria parar, sua avó ficaria orgulhosa de você. Nós não podemos fazer as coisas sozinhos, entende? Precisamos estar juntos.* Saharienne também disse que Moacir Malta me citava nas aulas como exemplo de aluno que sabia analisar e escrever bons poemas. Eu ri, porque nem de longe poderia imaginar algo assim.

15.

Meu assento ficava no meio do avião, na janela. Ao meu lado sentou um senhor branco e grande, que não me olhava, e na terceira poltrona uma senhora também branca como papel, que julguei ser sua esposa. Pus o cinto e fiquei observando as pessoas entrarem e passarem no corredor. Eu tinha levado *Homem invisível,* do Ralph Ellison, para ler na viagem, afinal seriam onze horas de voo. Mas estava tão angustiado que não consegui abrir o livro nenhuma vez. Eu dividia meu tempo entre observar os movimentos dentro do avião e pensar como aquela viagem era inesperada para mim. Quando o avião decolou, achei que ele cairia em seguida, pois eu sentia uma mistura de estar indo longe demais, um sentimento de não ser merecedor daquilo e a ideia de que eu deveria estar trabalhando no posto, e não viajando para receber um prêmio. No entanto, assim que o avião estabilizou, e os passageiros começaram a dormir ou assistir TV ou ouvir música, passei a ficar mais tranquilo, mesmo nos momentos tensos de turbulência. No meio da viagem, me arrisquei a abrir a persiana. Era noite, não dava para ver muita coisa, a não ser algumas nuvens, mas eu sabia que estava sobrevoando o oceano Atlântico, o que me dava certa aflição. Fechei a persiana e pedi licença aos outros passageiros para ir ao banheiro, o senhor pareceu incomodado com meu pedido, a senhora me pareceu simpática. O banheiro mais próximo estava ocupado. Então decidi caminhar um pouco para a frente e passei para outra ala do avião. Estava um pouco escuro, mas pude ver as luzes que indicavam os sanitários, foi quando senti uma mão pegando no meu braço esquerdo. Olhei para trás e vi que se tratava de uma passageira, uma senhora branca, usando um colar de pérolas, que disse, com sotaque português, que eu não poderia estar ali, porque aquela casa de banho era exclusiva da classe executiva. Depois olhei ao redor e entendi onde estava. Em seguida, uma comissária de bordo apareceu e gentilmente disse, também com sotaque português, que eu poderia usar o banheiro dos fundos do avião, que estava desocupado. Quando me virei, a senhora ainda estava de pé. Ao passar por ela, ouvi-a reclamando que era um absurdo aquele tipo de coisa acontecer, *deixarem essas pessoas entrar aqui.*

Pensei em voltar e dizer alguma coisa para ela, mas aquilo me pegou de surpresa. Quando voltei para meu lugar, tive que aguentar cara feia do senhor ao meu lado ao se levantar novamente. Depois adormeci, porque era a melhor coisa a fazer.

16.

Acordei quando o avião estava em procedimento de pouso. Já havia amanhecido, e pude ver a chegada a Lisboa. O céu estava claro e bonito, em meus fones eu ouvia "Na hora do almoço", do Belchior. Desembarquei, passei pela imigração. Na saída, vi a senhora que tinha pegado no meu braço. Acelerei o passo. Pensei em dizer alguma coisa, botar minha indignação para fora. Mas desisti, porque a verdade é que não sabia exatamente como fazer aquilo. Quando cheguei no saguão, havia um homem branco baixinho segurando uma placa com meu nome. Acenei para ele, que acenou de volta. Me aproximei e nos cumprimentamos, ele se chamava António, era o motorista do festival. Perguntou se eu tinha feito boa viagem. Eu disse que sim, evitei falar do incidente no avião. Na verdade, eu estava cansado, e só pensava em repousar um pouco. Entretanto, ele disse que teríamos de esperar mais alguns minutos para irmos ao hotel onde eu ia ficar, pois ele deveria aguardar a chegada de outro participante, um escritor angolano chamado Mohamed Nkanga, que também havia sido premiado. Aproveitei para ir ao banheiro. Na volta, o Mohamed já chegara. Era um rapaz negro, retinto, como eu, porém mais alto. Era sorridente e foi afável comigo. Tinha sotaque português, mas era diferente. António nos ajudou a colocar nossas coisas no porta-malas, Mohamed perguntou se eu já tinha vindo a Lisboa, eu disse que era a minha primeira viagem para fora do Brasil. Mohamed se surpreendeu, disse que geralmente os autores que ganham esse concurso já estiveram em Portugal antes, que não sabia se se tratava de um critério para a premiação, mas que todos os ganhadores anteriores já tinham visitado Lisboa. Mohamed estivera na cidade algumas vezes, tinha um livro de poemas publicado cujo título era A *diluição do mar*. Parecia conhecer bem a dinâmica dos eventos literários.

17.

Chegamos no hotel, chamado Quixote. Ficava próximo à avenida da Liberdade. Achei o nome simpático. As instalações não eram lá grandes coisas, mas para mim, que nunca tinha estado numa situação daquelas, pareciam um sonho. António nos ajudou a descarregar as malas. Disse que era só dar nossos nomes na recepção do hotel. Disse também que uma das organizadoras, Isabel Gouveia, viria nos buscar mais tarde. Olhei o celular. Era quase meio-dia. Nosso primeiro evento seria às dezessete horas, um coquetel com autoridades, organizadores, escritores e políticos. O hotel ficava num prédio antigo. Logo que entrei no quarto, senti um cheiro forte de mofo. O espaço era tão pequeno que só cabia uma cama de solteiro e um pequeno guarda-roupa de duas portas. A única janela dava para uma parede que levava a uma espécie de fosso. O quarto era escuro porque recebia pouca luz da rua. Fui tomar banho. O banheiro também tinha cheiro de mofo. Deixei água quente cair sobre meu corpo. E comecei a pensar em minha avó e no quanto eu queria que ela estivesse viva e lúcida para que eu pudesse lhe dizer que tinha atravessado o oceano por causa de um texto que escrevera. Também lembrei de Sinval, e ali, naquele momento, tomei a decisão de que, quando voltasse ao Brasil, iria procurá-lo e dizer-lhe por onde tinha andado. Dizer-lhe que eu ainda acreditava nos livros, apesar de tudo.

Me alegrei com esse último pensamento. Saí do banho porque a água esfriou de repente. Meia hora depois, Mohamed bateu na porta do quarto, perguntou se eu não queria dar uma volta pelo centro histórico. Eu disse que sim. Na recepção, encontramos outra poeta, chamada Nafisa. Era uma jovem moçambicana de vinte e três anos, negra, retinta. Mohamed nos apresentou rapidamente. Ela não tinha nenhum livro publicado, mas já havia participado de uma antologia de poemas moçambicanos intitulada *A nova geração*. Nafisa ficara em segundo lugar no prêmio de Açores. Parecia tímida, mas depois constatei que era só impressão minha. Nafisa tinha um jeito estranho de olhar para as coisas, como se estivesse sempre desconfiada. Saímos os três pela avenida da Liberdade em direção à praça do Comércio. Enquanto caminhávamos, Mohamed dizia algumas coisas sobre a cidade, sobre as ruas, sobre os portugueses. Nafisa concordava, mas falava muito pouco. Eu olhava para os prédios antigos. Uma arquitetura bem diferente de tudo que eu já tinha visto.

18.

Quando chegamos à praça do Comércio e vi o rio Tejo ao fundo, fui atacado por um tipo de vertigem, porque tive a sensação de que aquela paisagem não cabia na minha visão. Era tudo tão amplo. A nitidez magoava meus olhos. Eu disse a Mohamed que precisava me sentar, que tinha ficado um pouco tonto. Ele perguntou se eu não queria água. Eu disse que sim, mas que não havia trazido dinheiro comigo. Nafisa disse que eu não me preocupasse, que ela podia pagar a água para mim. Agradeci. Fechei os olhos. Senti uma forte dor na testa. Mohamed se sentou ao meu lado. E disse que às vezes sentia algo parecido, mas só quando tinha de pensar num poema. Disse também que às vezes lhe doía o corpo: os braços, as pernas e o peito. *Eu escrevo com o corpo,* ele disse. *Essa coisa de que a poesia é só uma coisa mental, como se o pensamento fosse superior a nossa fisiologia. Essa separação entre corpo e mente é tão estranha, você não acha, Joaquim?* Respondi que nunca havia pensado naquilo, mas que achava interessante o seu raciocínio. Na verdade, meu mal-estar é que não me permitia ter uma opinião sobre o assunto. Nafisa trouxe duas garrafas de água. Bebi quase meia garrafa. Não tinha me dado conta de que estava com sede e fome. Mohamed disse que a organização cobria parte das refeições, mas que receberíamos um reembolso só no final do evento, e desde que apresentássemos as notas. *Mas fica tranquilo, eu e Nafisa temos alguns euros, depois você nos paga.* Fomos comer num restaurante próximo do Chiado. Antes passamos por uma estátua do Fernando Pessoa. Mohamed perguntou se eu não queria tirar uma foto, *porque todo mundo gosta de tirar foto com o Fernando Pessoa.* Eu disse: *penso que Pessoa iria achar isso tudo muito estranho, que ele não gostaria de ser visto como um mito.* Mohamed estalou a língua e rebateu: *que nada, este gajo era um grande marqueteiro.* Tirei uma foto na máquina da Nafisa. Fomos num restaurante, pedimos sanduíches, e dividimos uma Coca-Cola porque ficaria mais barato. Em seguida, caminhamos pelo cais, olhando o Tejo. Mais adiante, sentamo-nos nuns bancos os três. Mohamed me perguntou sobre o que era o meu conto. Fiz um resumo, dando alguns detalhes. Tanto ele quanto Nafisa gostaram. Ou talvez estivessem apenas sendo gentis comigo. Eu também quis saber sobre o que era o poema de Nafisa. Ela não respondeu na hora. Depois disse que não sabia exatamente sobre o que era o seu poema, mas que poderia ser uma discussão sobre as identidades moçambicanas. Perguntei se ela poderia ler para nós. Ela disse que preferia não ler. Pensei em insistir, mas achei que de fato ela não se sentia à vontade para tanto. Demos mais algumas voltas e então retornamos para o hotel.

19.

Faltavam quinze minutos para as cinco da tarde quando Isabel Gouveia veio nos buscar no hotel. Era uma mulher portuguesa branca, baixa, tinha por volta de quarenta anos, era muito animada e falava rápido, por vezes eu tinha dificuldade de entendê-la. Entramos todos no mesmo carro. António já nos esperava. Chegamos às cinco em ponto numa espécie de teatro. Fomos recebidos por pessoas que se apresentavam, mas eu não conseguia assimilar nem o nome delas nem a razão da sua presença ali. Em seguida nos sentamos, porque haveria algum tipo de cerimônia. Eu estava na segunda fileira, ao lado de todos os autores que tinham sido premiados. O primeiro a falar foi o curador do prêmio, Valter Simões. Disse que estava contente com a seleção dos textos vencedores, entre contos, poemas, crônicas e ensaios. Que o prêmio apostava em jovens talentos, e que alguns ali estavam sendo publicados pela primeira vez. E disse também que era preciso valorizar a lusofonia, unir a Portugal os países africanos e o Brasil, porque falamos muitas línguas portuguesas. Que o que se queria não era uma unidade linguística, mas uma convivência cultural profícua, o que só a arte e a literatura poderiam oferecer. E continuou agradecendo aos parceiros e patrocinadores do evento. Em seguida, chamaram os premiados para receber um certificado, um troféu e um exemplar do livro. Tiraram uma fotografia de todos os ganhadores juntos. Quando voltei para meu lugar, comecei a folhear o livro. Vi meu nome no sumário e embaixo o título do meu conto. Depois fui até meu texto. Cinco páginas. Eu não conseguia parar de olhar para aquelas letras. Tudo ainda era novo para mim. Os demais escritores não pareciam comovidos, ou até estavam mas guardavam para si. Eu não queria parecer deslumbrado, mas a verdade é que eu estava.

20.

Eu sei que não podia avaliar meu futuro apenas com base no que tinha naquele momento, porque, por mais que tivesse atravessado o oceano, por mais que estivesse indo mais longe do que imaginava, eu sabia que, quando voltasse, teria de lidar com a realidade imediata, com minhas contas para pagar, com minha pobreza, com meu trabalho no posto. Eu tinha de manter a alegria, mas sem perder a lucidez, pensei. Fiquei mais quatro dias em Lisboa. Ainda fomos numa escola, conversar com alunos do ensino básico, e fizemos uma sessão de autógrafos numa livraria. Poucas pessoas compareceram, quase todas da organização do prêmio. Dei meu primeiro autógrafo. Não sabia o que escrever, então fazia uma dedicatória muito emocionada. Na última noite, Mohamed, Nafisa, eu e mais dois escritores portugueses fomos beber no centro de Lisboa. Em pouco tempo eu já estava eufórico. E pela primeira vez desejei com força poder viver aquilo novamente. Desejei ter outra vida. Voltamos a pé para o hotel. Já era madrugada, estávamos bêbados. As ruas estavam desertas e eu olhava para tudo e ia me despedindo. Eu e Mohamed ficamos de nos falar por mensagens. Mas, depois que voltei para o Brasil, nos perdemos. Nunca mais nos vimos. Continuei trabalhando no posto de gasolina, como eu tinha previsto. Soube que minha premiação em Portugal foi comentada por alguns colegas e professores do Instituto de Letras. Também recebi um e-mail da biblioteca da universidade perguntando se eu não tinha um exemplar do livro com o conto premiado, pois eles queriam acrescentar ao acervo. Mas nada disso adiantou. Perdi minha vaga na universidade. Anos mais tarde e por insistência de Lauro e Saharienne, prestei vestibular novamente e voltei para o curso de letras.

21.

Um dia encontrei um retrato da minha avó quando jovem. Ela parecia séria e cansada. Era um dos poucos registros que eu tinha dela. Demorei meu olhar sobre aquela imagem, e pensei que a velhice de minha avó me dava vontade de viver. Despertava em mim o desejo de permanecer vivo e alcançar a sua idade, como se ela me mostrasse algo importante, sem dizer nada, apenas com sua existência. Minha avó era um baobá, cujas raízes brotavam em mim. A ancestralidade era um desejo terno de envelhecer. E pensei que o único modo de ser perdoado por minha avó, o único jeito de me livrar da culpa e regressar a mim era imaginá-la sorrindo. O tempo passou, eu estava prestes a me formar na universidade. Na TV, uma reportagem falava de um vírus na China. Olhei de relance. Não dei importância, estava eufórico com meu futuro. Dois mil e vinte será um ano promissor, pensei. A vida é boa.

Agradecimentos

À minha família, em especial à minha mãe, Sandra Tenório, por todo o apoio e o carinho de sempre. A Marcelino Freire pela leitura sensível e precisa. A João Nunes e Nanni Rios pelas observações tão necessárias. Agradeço a Fernanda Sousa pelos apontamentos. A Beatriz Barros pelas trocas e reflexões. Agradeço a escuta de José Falero e María Elena Morán. Agradeço ao meu editor, Emilio Fraia, pelo profissionalismo e pelo cuidado com o texto. A Luiz Schwarcz pelas sugestões e observações. A Otavio Marques e a toda a equipe da Companhia das Letras pelo empenho de sempre. Agradeço, por fim, a Taiane Santi Martins pela leitura sincera, pelo incentivo, pelo apoio e pelo afeto.

ESTA OBRA FOI COMPOSTA PELO ACQUA ESTÚDIO EM ELECTRA
E IMPRESSA EM OFSETE PELA LIS GRÁFICA SOBRE PAPEL PÓLEN NATURAL
DA SUZANO S.A. PARA A EDITORA SCHWARCZ EM OUTUBRO DE 2024

A marca FSC® é a garantia de que a madeira utilizada na fabricação do papel deste livro provém de florestas que foram gerenciadas de maneira ambientalmente correta, socialmente justa e economicamente viável, além de outras fontes de origem controlada.